DRESSLER

Anja Fröhlich

Lou und Rokko und das Katzenchaos

Mit Illustrationen von
Nina Hammerle

Dressler Verlag · Hamburg

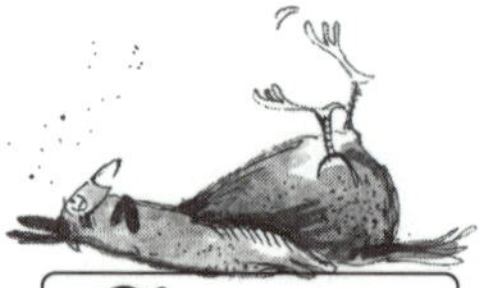

MIX
Papier aus verantwortungsvollen Quellen
FSC® C014496
FSC www.fsc.org

Originalausgabe
1. Auflage 2014

Umschlag und Illustrationen: Nina Hammerle
Satz: Dörlemann Satz, Lemförde
Druck und Bindung: GGP Media GmbH, Pößneck
Printed 2014
ISBN 978-3-7915-2918-9

www.dressler-verlag.de

1

Ich will nicht zu Tante Sandy! Ich will, dass das alles gar nicht wahr ist. Dass augenblicklich mein Handy klingelt und Mama anruft. Oder wenigstens, dass Papa sich umdreht und sagt: »Oh nein, jetzt fällt's mir ein! Es ist alles ganz anders. Wie konnte ich das nur vergessen?!«

Aber Papa sitzt am Steuer und sagt kein Wort. Die Knöchel an seinen Händen sind schon ganz weiß – so fest hält er das Lenkrad umklammert. Mein Bruder Rokko und ich hocken auf dem Rücksitz und starren die öden Häuser an, die an uns vorbeiziehen.

»Eure Tante Sandy ist total lustig«, durchbricht Papa das Schweigen. Rokko und ich schrecken auf. Gute-Laune-Vorspielen ist nicht Papas Stärke. Seine Stimme wird dann übertrieben laut und kreischig.

»Sandy hat ja auch diese Baby-Zwillinge«, erklärt er weiter. »Lou, du magst doch Babys, stimmt's?«

Er schaut mich über den Rückspiegel an. Ich schnaube.

»Und dann sind da noch diese tollen Katzen. Wladimir und Vitali. Rokko, du weißt, wer Wladimir und Vitali eigentlich sind?«

»Boxerbrüder«, knurrt mein kleiner Bruder. »Sie sind Boxweltmeister im Schwergewicht.«

»Genau! Zwei echt schwere Jungs, diese Klitschko-Brüder. Ich glaube, Tante Sandys Katzen sind inzwischen auch Schwergewichte. Sie sehen aus wie kleine Badewannen. Ihr wisst schon, diese ganz alten Wannen, die auf so Löwenfüßen stehen.«

Keiner lacht – nicht mal Papa selbst.

»Glaubst du, du brauchst die ganzen Sommerferien, um Mama zu finden?«, fragt Rokko und starrt auf seinen Spielebeutel, der am Sitz vor ihm hängt. Ein einarmiger Superman und ein paar angelutschte Lollies voller Fussel gucken aus den Stofftaschen.

»Afrika ist groß, aber mein Spürsinn ist größer«, behauptet Papa mit seiner Kreisch-Stimme.

»Und wenn ein Löwe sie gefressen hat? Wie willst du sie dann finden?«, hakt Rokko noch mal nach. Ich trete ihm mit meinen neuen Clogs gegen das Bein. Die hat Papa mir gestern als Entschädigung gekauft. Dafür, dass die Sommerferien ins Wasser fallen und wir zu dieser Tante Sandy müssen, die wir kaum kennen und die noch nicht mal ein richtiges Gästezimmer hat. Aber es gab so schnell niemand anderen, der uns aufnehmen konnte.

Mama ist urplötzlich und vollkommen unvorhersehbar in Afrika verschollen und Papa will ihr ganz schnell hinterherreisen, um sie wiederzufinden. Klar wollten Rokko und ich mitfliegen und ihm beim Suchen helfen, aber Papa hat es einfach nicht erlaubt. Er meinte, ohne uns wäre er »beweglicher«. Das ist die komischste Ausrede, die ich je gehört hab. Denn sonst sagt er immer, wir wären seine kleinen Rennmäuse.

Unsere Mutter ist übrigens Löwenforscherin und seit genau zwei Tagen wie vom Erdboden verschluckt – oder eben vom Löwen. Aber das will ich gar nicht erst denken! Vielleicht ist ja auch nur ihr Handy gefressen worden und hat deswegen jetzt keinen Empfang. Und Mama fährt mit ihrem Jeep hinter dem diebischen Löwen her, um sich das Ding wiederzuholen.

Am ersten Tag habe ich Mamas Nummer bestimmt hundert Mal gewählt, um sie zu erreichen. Oder wenigstens, um den Löwen zu erschrecken. Ich hoffte, er würde verrückt bei dem Gefühl, dass sein Bauch ständig klingelt. Außerdem könnte Mama ihn besser finden, wenn er wie ein wild gewordener Wecker durch die Landschaft galoppiert. Doch dann fiel mir ein, dass das Handy ja gar nicht klingelt, wenn es in einem Funkloch steckt. Und so ein Löwenbauch ist bestimmt ein Mega-Funkloch.

Tante Sandy wohnt in der Körnerstraße in Köln Ehrenfeld. Papa meint, das wäre das seltsamste Stadtviertel im ganzen Universum. Weil hier die komischsten Typen auf einem Haufen anzutreffen sind: überirdische, unterirdische und außerirdische Menschen.

»Im Ernst! Manche Leute sind so abgespacet, die sind echt vom anderen Stern«, erklärt er. Keiner von uns fragt nach, was Papa genau damit meint. Darum redet er einfach ungefragt weiter. Angeblich gibt es in diesem Ehrenfeld Gutverdiener und Schlechtverdiener, schräge Vögel und komische Kauze, Omis und Hipster, Moslems und Christen … Und alle wohnen Haus an Haus, Wand an Wand. Mitten in diesem Gewühl lebt unsere Tante Sandy. Sie hat ein kleines Stadthaus mit vier Etagen. Das Haus ist ungefähr so schmal wie ein Wandschrank, dafür aber zehnmal so hoch. Und unten in dem megahohen Wandschrank ist ein Laden mit einem Schaufenster.

»Da hat früher ein Kinderfriseur allen Kindern aus dem Viertel einen Topfschnitt verpasst«, behauptet Papa. Heute ist der Laden ganz leer geräumt. Dafür wächst auf dem Fußboden Gras. Der Boden ist eine richtige Wiese, sogar mit Blumen, und mitten auf der Wiese stehen vier Hühner und starren uns durch die Schaufensterscheibe an.

»Na so was«, meint Papa. »Sandy hat den Laden an ein paar dicke Hennen vermietet. Na hoffentlich können die auch immer pünktlich ihre Miete bezahlen.«

Wir wollen grade klingeln, da geht auch schon die Tür auf, und unsere Tante steht vor uns. Sie hat ein gepunktetes Kleid an, das bei genauerem Hinsehen statt mit Punkten mit Hühnereiern verziert ist.

»Hallo Kinder«, sagt sie und wuschelt Rokko und mir durch die Haare. »Kennt ihr schon meine neuen Mitbewohner Holly, Molly, Dolly und Rolly? Ratet mal, welcher Männername sich in allen vier Hühnernamen versteckt!«

Rokko und ich antworten nicht. Wir starren nur durch die Fensterscheibe und sehen, wie Holly oder so einen Regenwurm aus dem Boden zieht, während Molly oder so herbeistürzt, um ihr den Wurm aus dem Schnabel zu zerren.

»Olly!«, kichert Tante Sandy. »Der Name Olly steckt in all den Hühnernamen drin. Der Vater der Ladies hieß nämlich so. Ein stolzer Gockel mit einem Kamm so groß und prall wie ein aufgeblasener Gummihandschuh!«

Papa lacht. Er ist wohl froh, dass Sandy jetzt für Stimmung sorgt, und er selbst keine komischen Witze mehr zu machen braucht.

»Leben sie wirklich nur in diesem Laden?«, will Rokko wissen. »Müssen Hühner denn gar nicht raus?«

Sandy lacht. »Keine Sorge, die Mädels sind eigentlich Freigänger. Aber irgendwie sind sie lieber drinnen.«

Unsere Tante zeigt auf eine Katzenklappe in der Hintertür des ehemaligen Friseursalons. Dadurch können die Hennen raus in den kleinen Garten hinter dem Haus.

Hinter Sandy in ihrem Hühnereier-Kleid taucht plötzlich eine der laufenden Badewannen auf. Der Kater starrt Rokko aus großen grünen Augen an und Rokko starrt einfach nur zurück. Dann gehen die beiden langsam aufeinander zu. Wie zwei Magneten in Zeitlupe, die magisch voneinander angezogen werden.

»Achtung, junger Mann«, ruft Sandy. »Vitali mag keine Fremden. Und Kinder mag er schon mal gar nicht. Ich muss immer aufpassen, dass die Kater nicht hinter meinem Rücken die Zwillinge fressen!«

Sieht fast so aus, als hätte Vitali bereits eines der Babys verschluckt, so kugelrund ist er. Aber dann lässt er sich genüsslich auf die Seite fallen und von meinem Bruder den prall gefüllten Fellbauch streicheln.

Papa holt in der Zwischenzeit unsere Koffer aus dem Auto und trägt sie ins Haus. Zwei Minuten später muss er auch schon los, um sein Flugzeug nicht zu verpassen. Zum Abschied drückt er mich so fest an sich, dass mir fast die Luft wegbleibt. Jetzt bloß nicht anfangen zu weinen! Ich schlinge meine Arme um seinen Hals und flüstere: »Komm bitte, bitte ganz schnell mit Mama zurück!« Er nickt. Dann reißt er sich los, guckt Sandy tief in die Augen und sagt mit Cowboy-Stimme: »Ich bringe dir deine Schwester zurück und du passt auf meine Kinder auf!«

Sandy nickt gespielt beeindruckt und Papa fährt mit quietschenden Reifen davon.

Meine Arme und Beine fühlen sich vor lauter Traurigsein ganz schwer an. Als Sandy uns unseren Schlafplatz zeigen will, schleppe ich mich widerwillig hinterher. Wir steigen unzählige Treppenstufen hoch, vorbei an Sandys unordentlicher Küche, in der alle Geräte gleichzeitig vor sich hin surren und brummen, vorbei an ihrem Schlafzimmer, das über und über mit roten, orangen und pinken Kissen übersäht ist, bis hoch unters Dach.

Rokko und ich werden tatsächlich auf dem Speicher untergebracht. Zwischen alten Koffern, Farbeimern und Schallplatten hat Sandy uns ein rundes Zelt aufgebaut, das ein bisschen wie ein kleines Zirkuszelt aussieht. »Damit habe ich die halbe Welt bereist«, sagt sie und öffnet den Reißverschluss. Drinnen liegen zwei Luftmatratzen. Dazwischen eine Lavalampe, in der dicke rote Blasen hochsteigen wie bei einem ultra-langsamen Vulkanausbruch.

»Willkommen in eurer kleinen Hütte!«

Eigentlich sieht es in dem Zelt ganz gemütlich aus. Trotzdem bekomme ich auf der Stelle einen Kloß im Hals bei dem Gedanken, die nächsten Wochen hier schlafen zu müssen.

Während ich auf die blutroten Blasen der Blubberlampe starre, schaut sich Rokko auf dem Speicher um. Zwischen einem alten Spiegelschrank und einem kleinen Trampolin steht doch tatsächlich ein Katzenklo! Rokko verzieht das Gesicht, sodass sich seine Nasenspitze kräuselt und die Augenbrauen beinahe in der Mitte zusammenstoßen.

»Nur keine Panik, das Ding ist selbstreinigend!«, erklärt Sandy. »Ein Vollautomat! Ich kann mich schließlich nicht um jeden Mist selber kümmern!«

Sie drückt auf eine Fernbedienung, die auf einem alten Vogelkäfig liegt, und die Katzentoilette beginnt wirklich zu rotieren. Erst wird ein Sieb durch das Streu gezogen, wahrscheinlich um den gröbsten Katzendreck abzufangen. Dann wird das Streu mit Wasser geflutet und ordentlich durchgemischt. Es schmatzt und gluckert, als wollte die Toilette sich noch mal selbst verdauen. Endlich verschwindet das Abwasser mit einem Zisch in der Kanalisation, während ein eingebauter Fön die nassen Katzenklosteinchen wieder trocken pustet. Rokko ist schwer beeindruckt. Ich hoffe nur, dass die Toilette nicht auch nachts ihr Waschprogramm anwirft. Denn leise ist das nicht grade.

Allerdings tausendmal leiser als der schreckliche Schrei, der zwei Minuten später die Wände des Wandschrank-Hauses erzittern lässt. Es klingt, als hätte jemand eine Sirene mit Feuer-Alarm angeschaltet. Und kurz drauf stimmt auch noch der Katastrophen-Alarm mit ein. Wladimir und Vitali, die uns bisher aus einiger Entfernung beobachtet haben, ducken sich und rasen mit schleifenden Bäuchen in die hinterste Ecke des Speichers. Sandy verdreht die Augen.

»Kinder, fühlt euch wie zu Hause!«, sagt sie und läuft mit wehendem Eier-Kleid die Treppe runter. Unsere Cousins Phil und Bill sind aus ihrem Mittagsschlaf erwacht.

2

Nachdem Rokko eine Stunde lang den Katzen hinterhergekrochen ist und ich die goldenen Sterne an der blauen Zirkuszelt-Decke angestarrt habe, ertönt von unten aufgeregtes Gegacker. Es klingt, als wären die Hühner ausgebrochen und würden mit Geschrei den Rest des Hauses erobern. Und so ist es wohl auch. Denn kurz darauf hört man Sandy fluchen. »Na wartet, ihr Biester! Euch mache ich Beine. Erst keine Eier legen wollen und dann auf dem Tisch tanzen! Das könnte euch so passen!«

Die »Biester« lassen sich von ihrem Gebrüll nicht einschüchtern. Im Gegenteil, sie gackern nur noch lauter, sodass Phil und Bill ebenfalls zu schreien beginnen und unsere Tante panisch nach Hilfe ruft.

»Lou, Rokko, wo steckt ihr eigentlich, wenn man euch braucht?«

Als wir drei Sekunden später in die Küche gerannt kommen, ist das Chaos schon perfekt. Eine Henne springt zwischen den Resten des Frühstücks auf dem Tisch herum und hackt wütend auf ein ausgelöffeltes Ei ein. Wahrscheinlich hat sie es noch vor wenigen Stunden gelegt, in der Hoffnung, dass eines Tages ein Küken daraus wird. Und jetzt ist nur noch die kaputte Schale übrig.

Huhn Numero zwei sitzt auf Phils oder Bills Hochstuhl (die beiden kann man wirklich nicht auseinanderhalten) und lässt sich von den kleinen, speckigen Händen unseres Cousins befingern. Den schlimmsten Angriff fährt allerdings die dritte Henne. Sie ist auf die brodelnde Kaffeemaschine geflattert und verliert vor lauter Aufregung ein Häufchen, das mit einem kleinen »Plitsch« in Sandys danebenstehender Kaffeetasse landet.

Sandy selber ist viel zu beschäftigt, um von der Aromatisierung ihres Kaffees etwas mitzubekommen. Sie versucht grade, das vierte Huhn zu fangen, das ihren kleinen Kräutergarten am Küchenfenster mit dem Schnabel umpflügt.

»Dich krieg ich!«, zischt Sandy und packt entschlossen zu. Dann trägt sie die Henne mit ausgestreckten Armen an uns vorbei, zurück ins Erdgeschoss, wo sie wieder in den alten Friseursalon eingesperrt wird.

Als unsere Tante zurückkommt, ist ihre Stimmung kein bisschen besser geworden. Statt sich das nächste Huhn zu schnappen, geht sie erst mal auf uns los.

»Was ist mit euch?! Was guckt ihr denn so blöd in der Gegend rum? Könnt ihr vielleicht mal mit anpacken?«

Ehrlich gesagt habe ich nicht die geringste Lust, so ein wild gewordenes Huhn anzufassen. Darum stelle ich mich extra ein bisschen blöd an. Ganz im Gegensatz zu Rokko, der mit einem einzigen Blick aus seinen knallblauen Augen fast jedes Tier hypnotisieren kann. Jedenfalls lässt sich die Henne auf der Kaffeemaschine einfach so von ihm wegtragen, als wäre sie ausgestopft, während die anderen weiterhin aufgeregt rumflattern und krakeelen. Doch die nimmt sich Rokko als Nächstes vor. Eine nach der anderen wird willenlos gemacht und abtransportiert. Sandy sagt kein Wort und selbst die Zwillinge sind vor Verwunderung ganz still geworden.

Als alles vollbracht ist, setzt sich unsere Tante hin, greift nach ihrer Kaffeetasse, und ehe wir auch nur einen Ton sagen können, hat sie auch schon einen kräftigen Schluck daraus getrunken. Mir wird auf der Stelle schlecht und ich schaue zu Rokko rüber. Der schüttelt nur kurz den Kopf. Wahrscheinlich will er nicht noch mehr Panik verbreiten. Oder er findet, ein Schlückchen Hühnerkaffee ist eine gerechte Strafe für Sandys unfreundlichen Ton. Dennoch schnappe ich mir die Tasse, nachdem Sandy sie wieder abgesetzt hat, und schütte den restlichen Inhalt ins Spülbecken.

»Ich gieß dir mal einen frischen ein«, sage ich schnell. »Der hier ist doch bestimmt schon kalt!«

»Ach danke!«, sagt sie. »Der schmeckt wirklich ein bisschen abgestanden. Vielleicht ist auch die Röstung nicht ganz in Ordnung gewesen. Ich sollte mal die Sorte wechseln.«

Es ist wohl nicht schwer zu erraten, dass mein Bruder an diesem Abend der Held ist. Nachdem Sandy auch den frischen Kaffee ausgetrunken hat, entschuldigt sie sich für ihr schlechtes Benehmen. »Kinder, nehmt mir meinen Ausraster bitte nicht übel!«, sagt sie, während sie Phil und Bill mit einem feuchten Küchenlappen über die Gesichter wischt. »Ich glaube, die Nerven sind mit mir durchgegangen. Wisst ihr, zwei Babys, zwei Katzen und vier Hühner, da braucht man wirklich ein dickes Fell! So dick wie … sagen wir wie das Fell von einem dieser Grässlichbären.«

»Meinst du Grizzlybären?«, fragt Rokko.

»Ja, genau, diese hässlichen Grässlichbären mit dem Zottelpelz. So ein Fell müsste ich haben. Dann wäre ich die Ruhe selbst und würde meine netten Nichten und Neffen nicht anmeckern wie eine alte Ziege.«

Rokko grinst, während die Zwillinge sich mit aller Kraft gegen das Gewische in ihrem Gesicht zur Wehr setzen. Phil greift sogar in Sandys orangefarbene Locken und zieht daran, als wolle er prüfen, ob seine Mutter eine Perücke trägt. Ich weiß, dass es Phil ist, weil Sandy im selben Augenblick »Phillllliiiiiii, hör auf!«, schreit.

Bill nutzt diese Schrecksekunde aus, um Sandy den Lappen aus der Hand zu nehmen und ihr ebenfalls einmal damit durchs Gesicht zu wischen.

»Rokko, kannst du die beiden nicht auch mal mit deinem Zauberblick angucken?«, schnauft Sandy.

Rokko schüttelt den Kopf. »Das funktioniert leider nur bei Tieren.«

Der Rest des Abends verläuft komischerweise ganz ruhig. Sandy brät uns Apfelpfannkuchen. Nur die Kater kriegen nichts ab, obwohl sie schnurrend um ihre Beine streichen und auf dicke Freunde machen. Aber Sandy bleibt hart. »Dr. Dreifuß hat euch auf Diät gesetzt, das wisst ihr ganz genau«, erklärt sie den rumscharwenzelnden Badewannen. Dann öffnet sie den beiden eine winzige Dose fettarmes Katzenfutter. Kaum dass Wladi und Viti das Zeug riechen, nehmen sie entnervt Reißaus und es ist vorbei mit der dicken Freundschaft.

»So, Rokko, mein liebes Kind, jetzt erklär doch mal, wie du das machst mit dem Hühner-Hypnotisieren«, sagt Sandy, als wir endlich alle am Tisch sitzen und an unseren Pfannkuchen mümmeln.

»Ich mach eigentlich gar nichts«, sagt Rokko mit vollgestopftem Mund. »Ich stelle mir nur vor, dass das Huhn jetzt gleich ganz ruhig ist. Das ist alles.«

Sandy schaut ihn bewundernd an und nickt unentwegt vor sich hin wie ein Wackeldackel.

Nach dem Essen müssen die Zwillinge ins Bett. Dafür brauchen sie noch jeder eine frische Windel, einen frischen Strampelanzug und ein Fläschchen mit warmer Milch. Und zwar alles genau zur gleichen Zeit, weil sie sonst angeblich eifersüchtig werden und die ganze Bude zusammenschreien.

Um sie gleichzeitig zu versorgen, hat Tante Sandy ein perfektes Einhand-System entwickelt. Sie macht bei jedem Kind zur selben Zeit dieselbe Sache – bei dem einen mit der linken und bei dem anderen mit der rechten Hand. Vom Windel-Klebestreifen abziehen über das Strampler-Zuknöpfen bis zum Fläschchen-Anreichen.

»Gott sei Dank können die beiden ihre Flaschen inzwischen selber halten«, sagt die Tante und schnauft.

Dann werden unsere Cousins in ihre Schlafsäcke gesteckt und in jedem ihrer Gitterbetten wird zur gleichen Zeit an genau der gleichen Spieluhr gezogen, die natürlich auch genau das gleiche Lied abspielt: *Der Mond ist aufgegangen*.

Ich bekomme auf der Stelle wieder einen Kloß im Hals, weil Mama uns dieses Lied auch immer zum Einschlafen vorgesungen hat. Mit ihrer dunklen, gemütlichen Stimme, die einen sofort glücklich und müde gemacht hat.

Als Rokko und ich abends in unserem Zelt auf dem Dachboden liegen und die Lavalampe unermüdlich ihre blutroten Blasen aufblubbern lässt, hat sich das Heimweh bereits in meinem ganzen Körper ausgebreitet. Alles ist fremd hier in diesem Haus. Es sieht nicht nur fremd aus und fühlt sich fremd an, es riecht auch noch fremd. Selbst wenn ich die Augen zumache, kann ich mir nicht vorstellen, ich wäre zu Hause.

Das Zelt steht ein bisschen offen, weil die Katzen geschlossene Räume nicht leiden können. Selbst wenn sie nur aus Stoff sind. Sie kratzen und maunzen so lange rum, bis man die Geduld verliert und ihnen aufmacht. Durch den Spalt sehe ich Wladi vor dem Spiegelschrank stehen und seinen eigenen Fellberg anstarren. Nach einiger Zeit fängt er kläglich an zu jammern und kratzt an der Schranktür.

»Oh Mann, müssen denn jetzt alle Türen aufstehen? Sogar Schranktüren?«, stöhne ich.

Rokko springt auf und öffnet den Schrank, während Wladi aufgeregt hineinschaut.

»Der wollte doch nur hinter sich selbst kommen«, erklärt Rokko.

Tatsächlich scheint es Wladi ziemlich zu verwirren, dass hinter dem Spiegel keine Katze sitzt. Da sind nur alte Bücher und Fotoalben. Rokko dagegen ist total begeistert. Er springt auf und holt uns ein paar Alben ins Zelt. Im Schein der Lavalampe sehen wir Mama und Sandy als Kinder. Mama ist die ältere und wirkt viel ernster. Sie ist dünn und hat die ganze Kindheit und Jugend durch die selbe Frisur.

Sandy dagegen sieht immer anders aus. Mal blass und düster wie ein Vampir, dann wieder aufgedonnert mit bunten Haaren und viel zu engen Kleidern.

Im letzten Album ist Sandy längt erwachsen und hat plötzlich einen Babybauch. Neben ihr steht ein Mann mit einer ziemlichen Wuschelmähne – und zwar nicht nur auf dem Kopf, sondern auch im Gesicht. Er ist von zimtfarbenen Locken zugewuchert.

»Ob das der Papa von Phil und Bill ist?«, will Rokko wissen.

»Keine Ahnung. Mama sagt, Sandy spricht nicht über den Typ. Irgendwas muss zwischen den beiden ganz doll schiefgelaufen sein. Und es hat ihn auch nie jemand zu Gesicht bekommen.«

Rokko lacht. »Wie auch, wenn er das ganze Gesicht mit diesen Kräutern bepflanzt hat.«

Nachdem mein Bruder die Alben wieder weggepackt hat, schlüpft er mit unter meine Decke. Zu Hause schmeiße ich ihn meistens raus, wenn er sich in meinem Bett breitmachen will. Aber heute bin ich ganz froh, dass ich nicht alleine auf dieser wabbeligen Luftmatratze liegen und auf die gestickten Sterne an der Decke starren muss. Rokko presst seine kalten Füße gegen meine und vergräbt sein Gesicht unter meinem Arm.

»Ich weiß, wer die Hühner rausgelassen hat«, murmelt er plötzlich.

»Wer denn?«

»Die Katzen.«

Ich schnüffele an Rokkos Haaren. Selbst die riechen nicht mehr wie zu Hause. Sie haben schon die seltsamen Gerüche dieses Hauses angenommen.

»Wieso denn die Katzen?«

Rokko wühlt sich zu mir hoch und schaut mich mit seinen hellblauen Hühner-Versteher-Augen an. Sie haben wirklich etwas Magisches! Nur leider wirken sie auf mich kein bisschen beruhigend.

»Ich habe gesehen, wie Wladi versucht hat, an die Türklinke vom Friseursalon zu kommen. Er ist immer wieder hochgesprungen.«

»Gesprungen? Das geht doch gar nicht. Der kriegt doch schon beim Gehen kaum den Bauch vom Boden.«

»Hab ich auch gedacht. Aber es ging!«, behauptet Rokko. »Es war mehr ein Hopsen als ein Springen.«

Rokko dreht sich auf den Rücken und schaut nun ebenfalls in unseren Zirkushimmel. Dann schließt er die Augen und schläft auf der Stelle ein.

Ich denke an Mama, die jetzt vielleicht irgendwo in den echten Sternenhimmel schaut. Während Papa da oben mit dem Flugzeug rumfliegt und auf irgendwelche Länder runterguckt, die zwischen hier und Afrika liegen. Vorsichtig greife ich nach meinem Handy und wähle Mamas Nummer. Die Mailbox springt an und ich kann ihre Stimme hören.

»Null eins, sieben eins, vier mal die acht, drei drei sieben, ich rufe bestimmt innerhalb der nächsten zwei Stunden zurück. Bis dann.«

Ich lasse die Mailbox noch drei Mal anspringen. Dann greife ich nach Rokkos Hand und versuche ebenfalls zu schlafen.

3

Die ersten Tage bei Sandy sind ganz schön anstrengend. Am schwierigsten finde ich, nicht immer an Mama und Papa zu denken.

Rokko hat es da ein bisschen leichter. Er hat die ganze Zeit mit den Hühnern zu tun. Tante Sandy hat ihm nämlich zehn Euro versprochen, wenn er es schafft, dass auch Molly mal wieder ein Ei legt. Sie drückt sich angeblich seit Wochen vor der »Arbeit« und fängt stattdessen ständig Streit mit den anderen Hühnern an. Im Moment bleibt ihr Nest im Hühnerhäuschen jedenfalls immer leer.

Ich mag die Hühner nicht so besonders und beschäftige mich lieber mit den Babys, was Sandy auf die tolle Idee gebracht hat, dass ich bei der Zwillingsversorgung ihre linke Hand sein soll. Sie meint, wenn wir die Zwillinge gemeinsam wickeln, baden, füttern, beruhigen und so weiter, dann fühle sich keiner der beiden benachteiligt und jeder von uns könne seine Arbeit mit zwei Händen verrichten, was ziemlich viele Vorteile habe.

Das Ganze hat zur Folge, dass die Zwillinge aufgeteilt worden sind. Ich habe Bill übernommen, den ich inzwischen an einem Filzstiftpunkt im Nacken erkenne, den ich jeden Morgen wieder auffrische. Und Sandy kümmert sich um Phil.

Das Lustige ist: Seit jedes Baby einen eigenen Betreuer hat, ist die Eifersucht vorbei. Wir müssen gar nicht mehr alles gleichzeitig machen. Es reicht, wenn wir die Dinge dann erledigen, wenn der jeweilige Zwilling grade Lust dazu hat. Anstrengend ist es trotzdem, denn die beiden haben ständig zu irgendetwas Lust. Nur nicht dazu, sich alleine zu beschäftigen.

Ehrlich gesagt finde ich, dass ich mindestens zehn Euro für diesen Großeinsatz verdient hätte. Und zwar täglich. Denn zwölf Stunden am Tag einen Zwilling bei Laune zu halten, ist viel anstrengender, als ein bockiges Huhn dazu zu bringen, ein Ei zu legen. Aber Sandy scheint irgendwie zu glauben, sie täte mir einen Gefallen damit, dass ich Bills Pflegemutter sein darf. So als dürfte ich mit einer besonders kostbaren Puppe spielen. Ein ganz klein bisschen hat sie sogar recht damit. Denn immer, wenn Bill nach mir schreit, dann habe ich einfach keine Zeit für mein blödes Heimweh. Also mache ich mit. Immerhin weiß ich ja noch von Rokko, wie das geht, ein sabberndes Krabbelmonster in Schach zu halten, ohne dass es ständig anfängt zu heulen.

Übrigens, wer es noch nicht weiß: kleine Jungs heulen bei jeder Gelegenheit. Das sind die größten Heulsusen unter der Sonne. Sie heulen vor Schreck, vor Wut, vor Ärger oder einfach nur so. Kein Grund ist ihnen zu blöde, um nicht gleich wieder loszuschluchzen. Und ich bin mir sicher, dass sie sich das ständige Weinen ganz hart abtrainieren müssen, wenn sie größer werden. Damit sie überhaupt Fußballspielen oder eine langweilige Unterrichtsstunde aushalten können, ohne ständig in Tränen auszubrechen.

Nur wenn Rokko und ich mit Papa skypen, muss Sandy wieder alleine klarkommen. Dann verkriechen wir uns auf den Dachboden und setzen uns ganz eng nebeneinander vor Papas Laptop, den er uns extra zu diesem Zweck überlassen hat. Denn die kleine eingebaute Kamera soll uns so nah wie möglich abfilmen, damit Papa uns auf seinem Handy überhaupt erkennen kann.

Papa ruft jeden Abend an und erzählt uns mit seiner kreischigen Gutelaune-Stimme, was er so rausbekommen hat. Leider ist es mehr oder weniger gar nichts, aber er tut immer so, als stünde er kurz vor dem Durchbruch. Angeblich sind schon alle Polizisten in ganz Kenia mit nichts anderem mehr beschäftigt als damit, unsere Mutter zu suchen. Rokko und ich spielen das Gute-Laune-Spiel mit.

Schon weil Papa sich so große Mühe gibt und er ja auch nicht aufgeben soll.

»Einen Überfall von einem Löwen schließe ich aus. Dann hätte man längst das Auto gefunden! Denn das hat der Löwe ja bestimmt nicht zum Nachtisch gefuttert. Hö hö!«, kreischt er.

Rokko und ich verziehen den Mund, als würden wir mitlachen.

Heute, am vierten Tag, ist das Mitlachen besonders schwierig. Und nachdem Papa sich mit einem »Bis morgen dann, ihr zwei Schnuffelhasen!« verabschiedet hat, fallen wir beide wie zwei nasse Säcke auf unsere Luftmatratzen und stöhnen. Eigentlich ist mir sogar nach Weinen zumute, aber irgendwie will ich als große Schwester auch nicht die Erste sein, die damit anfängt.

Wladi und Viti, die sich inzwischen fast immer in Rokkos Nähe aufhalten, sehen uns mit ernsten Katzengesichtern an.

»Was glaubst du, wie lange Papa noch braucht?«, will Rokko wissen.

»Keine Ahnung.«

»Und wenn du etwas glauben müsstest? Wenn du eine Wette abschließen müsstest, wie lange es noch dauert?«

Ich stöhne noch ein bisschen lauter. »Woher soll ich das denn wissen? Immerhin ist Papa nicht grade ein Top-Finder. Er findet ja noch nicht mal die Salami im Kühlschrank.«

Rokko nickt. »Ich glaube trotzdem, dass er sie in einer Woche wiederhat«, sagt er tapfer und kuschelt sich an den mopsigen Wladi, der sich neben seinem Kopfkissen auf den Rücken gelegt und alle viere von sich gestreckt hat. Wladi fängt auf der Stelle an zu schnurren, was sich ungefähr so anhört wie eine Nähmaschine.

Kurz darauf hören wir Sandy die Treppe hochstapfen. Sie hält auf jedem Arm einen Zwilling und ist ganz schön außer Atem, als sie den Kopf in unser Zelt steckt. Bill streckt sofort seine Ärmchen nach mir aus und unsere Tante setzt ihn auf dem Boden ab.

»Der kleine Mann hier hat schon überall nach dir gesucht«, sagt sie. »Ich weiß gar nicht, wie das erst werden soll, wenn eure Ferien vorbei sind!«

Tatsächlich krabbelt Bill zielsicher auf mich zu, während Wladi, die umgekippte Badewanne, augenblicklich das Schnurren einstellt und mit einem Satz wieder auf seinen vier Pfoten steht. Er buckelt und faucht sogar und plustert sich vor Bill auf wie ein riesiges Wollknäuel. Doch unser Cousin krabbelt unbeeindruckt weiter auf uns zu.

»Diese Katzen sind echt eine Plage geworden!«, erklärt Sandy. »Manchmal würde ich sie am liebsten weggeben. Aber wer nimmt schon solche Wuchtbrummen? Na ja, immerhin kriegen sie jetzt nur noch Diätfutter!«

Als hätte Wladi diese gemeine Ansage verstanden, dreht er beleidigt ab und verschwindet.

Erst als auch Sandy und Phil wieder verschwunden sind, riechen Rokko und ich, dass Bill mit voller Windel bei uns abgegeben worden ist!

»Vielleicht sollten wir den Babys beibringen, auf das selbstreinigende Katzenklo zu gehen!«, meint Rokko und hält sich die Nase zu.

»Dann müssten wir ihnen aber vorher noch beibringen, aus diesen komplizierten Stramplern rauszukommen.«

Ich schnappe mir meinen kleinen Cousin und schleppe ihn ins Bad auf den Wickeltisch. Da reiße ich das Fenster auf, nehme ein paar tiefe Atemzüge und versuche, mit angehaltener Luft die Stinkbombe zu entschärfen. Unglaublich, wie aus dem lecker duftenden Grießbrei gestern Abend so ein übel riechendes Zeugs werden konnte.

Später drehen Rokko und ich noch eine Runde mit dem Zwillingskinderwagen um den Block, während Wladi und Viti uns aus sicherer Entfernung folgen. Sie scheinen trotz der verhassten Babys in Rokkos Nähe bleiben zu wollen.

Phil und Bill liegen frisch gefüttert und gewickelt in ihren Schlafsäcken, die wie dicke, unten zugenähte Kleider aussehen. Die beiden sollen einschlafen, was sie in ihren Gitterbettchen nicht tun. Sandy glaubt, dass das Schaukeln des Kinderwagens sie besänftigen wird. Weil sie sich bei dem Gewackel angeblich ein bisschen so fühlen, als wären sie noch im Bauch ihrer Mutter, wo es besonders gemütlich war. Ich kann mir zwar nicht vorstellen, dass man sich in diesen zugenähten Kleidern so fühlt wie in einem Bauch, aber vielleicht hilft es ja trotzdem. Tatsächlich werden die beiden beim Kinderwagenfahren endlich ruhig. Jedenfalls solange man zügig fährt. Aber wehe, wir bleiben stehen, um beim Straßeüberqueren nicht vom Auto überfahren zu werden oder um beim Kiosk ein paar Lakritzschnecken zu kaufen. Dann sind sie auf der Stelle wieder hellwach und man kann von vorne anfangen mit dem Besänftigen.

Grade als Phil und Bill nach einer Viertelstunde Dauerlauf vor Erschöpfung die Augen zufallen, kommt uns ein Junge entgegen. Er ist nicht viel größer als Rokko, bewegt sich aber wie ein ausgewachsener Rapper und ist auch genauso gekleidet. Er trägt ein hellgraues Kapuzenshirt, das mit blitzartigen Buchstaben bedruckt ist. »Funtast« steht auf dem Shirt, das ähnlich dick ist wie die Schlafsäcke der Babys. Selbst die Kapuzenkordel ist so dick wie ein Springseil. In die kurz geschorenen Seitenhaare hat er sich einen Puma reinrasieren lassen und das etwas längere, nach oben gegelte Deckhaar sieht aus wie ein frisch gemähter schwarzer Rasen. Diese Frisur hätte der ehemalige Kinderfriseur in Sandys Laden bestimmt nicht draufgehabt.

»Ey, Alter, ich glaub's nicht. Was seid ihr denn für ein Gurkentrupp?«, sagt der Zwergenrapper. »Lauft hier mit nem Haufen Babys durchs Ghetto. Wollt ihr Mutter, Vater, Kind spielen oder was?«

Während er redet, fuchtelt er mit seltsam gespreizten Fingern in der Luft herum und zeigt mehrfach auf sich und seine fette Gürtelschnalle.

»Was ist, seid ihr stumm? Wollt ihr dem Funtast nicht Guten Tag sagen?«

»Was ist denn ein Funtast?«, fragt Rokko. Aber das ist absolut nicht die Frage, die der Funtast hören will. Rokko ist manchmal wirklich etwas verpeilt. Er kann zwar Hühner hypnotisieren, aber ein echter Menschenversteher ist er nicht.

»Ey, ich geb' dir gleich ›Wer ist Funtast‹!«, sagt der Funtast und zieht die Augenbrauen zu einem bösen schwarzen Balken zusammen.

»Wenn du dich über den Funtast lustig machen willst, musst du dir erst mal Haare unter den Achseln wachsen lassen.«

Der Typ ist echt ein bisschen unheimlich. Und ich bin mir immer noch nicht sicher, ob er ein kleinwüchsiger Erwachsener ist oder ob er selber noch keine Haare unter den Achseln hat.

»Sorry, mein Bruder hat es nicht so gemeint. Wir sind nicht von hier. Und da, wo wir wohnen, gibt es so Typen wie dich nicht. Darum war er vielleicht verwirrt.«

Rokko schiebt beleidigt die Unterlippe vor und der Funtast weiß offensichtlich nicht, wie er meine Antwort verstehen soll.

»Was jetzt, ihr seid nicht aus dem Ghetto?«

Rokko und ich schütteln den Kopf.

»Okay, hört zu, ihr Spacken. Wo auch immer ihr herkommt. Der Funtast ist der König von Ehrenfeld, versteht ihr. Der Chief! Ich weiß ja nicht, ob ihr Englisch könnt, aber ›Fun‹ bedeutet Spaß! Alles klar? Das heißt aber nicht, dass ich ein Spaßmacher bin. Versteht ihr den Unterschied? Und in manchen Dingen verstehe ich auch gar keinen Spaß.«

Rokko und ich nicken. Im Moment jedenfalls scheint dem Funtast nicht besonders nach Spaß zumute zu sein.

»Ich kenn hier jeden Stein, jeden miesen Typen, einfach alles«, protzt er weiter. »Und es gibt niemanden, der keinen Respekt vor mir hat. Niemanden. Kapiert ihr?«

Wir nicken.

In dem Moment entschließt sich Bill, doch nicht mehr müde zu sein. Vielleicht will er auch gegen den Funtast protestieren oder zeigen, wer der eigentliche Chef der Körnerstraße ist. Jedenfalls fängt er lauthals an zu heulen, weckt seinen grade eingeschlafenen Bruder, der ebenfalls anfängt zu brüllen, und streckt mit hochrotem Gesicht seine Arme nach mir aus.

»Okay, Freunde, nichts für ungut. Ich hab' noch zu tun«, sagt der Funtast und verschwindet in der nächsten Seitenstraße.

4

Am Samstagmorgen werden wir ausnahmsweise mal von nichts und niemandem geweckt. Als ich die Augen aufmache, ist es totenstill. Selbst Rokko neben mir atmet lautlos.

Da ich auf diesen Tag nicht die geringste Lust habe und auch nicht auf die blöden Gedanken, die bestimmt gleich wieder auftauchen, versuche ich, noch mal einzuschlafen. Und es gelingt! Als ich das nächste Mal wach werde, ist es schon zehn Uhr. Rokko liegt nicht mehr unter meiner Decke. Dafür kniet er vor seiner eigenen Luftmatratze und starrt auf eine Henne, die auf dem Kopfkissen hockt. Er betet sie geradezu an.

»Was soll das? Du willst doch nicht allen Ernstes, dass das Huhn ein Ei in dein Kopfkissen legt?!«

»Psssst!«, zischt Rokko. »Das ist doch nur eine Übung.«

»Was denn für eine Übung? Eine Eierlegübung?«

Rokko stöhnt. »Sei doch mal leise. Das ist Entspannungsunterricht! Die Hühner müssen lernen, nicht immer zu flatterig zu sein. Dann klappt das auch mit den Eiern!«

Ich schüttele den Kopf. »Die Biester haben in unseren Betten nichts zu suchen!«

Rokko schnappt sich das Huhn und marschiert entnervt ab. »Du hast echt keine Ahnung von Tieren!«, zischt er und poltert so laut die Treppe hinunter, dass das frisch entspannte Huhn lauthals zu gackern beginnt.

Ich lausche noch einen Moment, bis ich die Tür vom Friseursalon ins Schloss fallen höre. Dann ist es wieder mucksmäuschenstill. Ich glaube, so ruhig war es noch nie in diesem Haus, und ich mache mir fast schon Sorgen, dass etwas passiert ist. Auf Socken schleiche ich mich runter in die Küche, in der wie immer großes Chaos herrscht. Seltsamerweise kleben auf mehreren Küchengeräten gelbe Zettel.

Ich muss daran denken, was Papa einmal über Leute erzählt hat, die schlimme Schulden haben. Angeblich kleben bei denen auch Zettel auf den Sachen. Und zwar auf allen Dingen, die wertvoll sind. Ein Geldeintreiber kommt persönlich vorbei, um überall einen sogenannten Kuckuck draufzupappen. Und man darf die Kuckuck-Zettel erst wieder abmachen, wenn man all seine Schulden bezahlt hat. Sonst werden die schönen Sachen nämlich abgeholt und verkauft.

Diese gelben Zettel hier kleben allerdings auf Dingen, die bestimmt kein Mensch der armen Sandy wegnehmen möchte. Die Mülltonne, der Fläschchenwärmer, das angebrochene Honigglas …

Als Erstes nähere ich mich dem Honigglas und lese die Botschaft, die jemand mit Kuli auf den Zettel gekritzelt hat.

Bitte sauber machen!, steht da. Tatsächlich ist das Glas so klebrig, dass der Zettel auch ohne Klebestreifen dran hängen geblieben wäre. Aus den Augenwinkeln sehe ich Wladi und Viti, die unter dem Tisch sitzen und jede meiner Bewegungen genauestens beobachten.

»Was ist? Das findet ihr wohl lustig, dass ich hier das Honigglas sauber machen soll?! Dabei hat Rokko es so bekleckert.«

Ich ziehe den Zettel ab, lese ihn den beiden noch mal langsam vor und stelle ihnen das Glas direkt vor die Nase. Eigentlich sollte das ein Witz sein, aber sie fangen auf der Stelle an, den Honig mit ihren kleinen rosa Zungen abzulecken. Und zwar so lange, bis das Glas wieder komplett sauber ist. Ich kann es kaum fassen. Es klebt kein bisschen mehr.

Dann lese ich den beiden vor, was auf den anderen Zetteln so steht. *Du bist dran!*, klebt auf der Mülltonne. Und *Um zwölf gibt's Milch. Bitte vorwärmen!*, ist auf dem Zettel, der am Fläschchenwärmer hängt, zu lesen.

Wladi und Viti gucken mich mit großen Augen an.

Das mit dem Fläschchenaufwärmen finde ich nicht so

schlimm. Aber Müll wegbringen ist echt eklig. Besonders, wenn die meisten Mitbewohner nicht stubenrein sind und es im Mülleimer von gebrauchten Windeln und Katzenstreu nur so wimmelt.

Ich könnte so tun, als wären die Zettel verloren gegangen. Die Katzen könnten sie gestohlen haben. Wenn die in der Lage sind, Hühner freizulassen, ist ihnen auch so was zuzutrauen!

»Ich hoffe nur, ihr bekommt keinen Ärger!«, erkläre ich den beiden Fellbadewannen und lege die kleinen gelben Zettel in die kleinen roten Zelte, in denen sie immer schlafen.

Dann gehe ich runter zu Rokko, der auf der Hühnerwiese liegt und mit meinem Handy spielt. Er ist so vertieft, dass er mich gar nicht kommen hört. Ich hoffe nur, er liest nicht heimlich meine SMS. Zum Beispiel die an Mama, in denen ich ihr tausend Dinge verspreche, wenn sie sich nur wieder meldet. Unter anderem, dass ich nie mehr gemein zu Rokko sein werde.

Aber zum Glück spielt Rokko nur. Er hat sich eine App runtergeladen, bei der man mit dem Fingernagel Dönerfleisch von einem großen Dönerspieß kratzen kann.

»Hallo, geht's noch? Wer hat dir erlaubt, mein Handy zu benutzen?!«

Rokko zuckt vor Schreck zusammen, und das Handy fällt ins Gras, direkt neben ein kleines Hühner-Trinkbecken, das in den Rasen eingelassen ist.

»Mann, musst du mich so erschrecken?«

»Das ist nicht die richtige Antwort!«

»Ja, 'tschuldigung, ich wollte es dir ja gleich wiedergeben.«

Ich schüttele den Kopf und schaue Rokko aus zusammengekniffenen Augen an.

»Ist ja schon gut. Ich tu's nicht wieder. Zufrieden?«

»Nein, nicht zufrieden. Ich bin erst zufrieden, wenn du zur Strafe den Müll rausgebracht hast.«

Rokko stöhnt. »Ja klar, Fräulein Knüppelkuh«, sagt er. Fräulein Knüppelkuh ist sein Lieblingsfiesling aus seinem Lieblingsbuch *Mathilda*. Eine verbiesterte Kinderhasserin.

Als ich das Handy aufhebe, klebt tatsächlich ein bisschen Hühnerdreck daran. Aber unter dem Dreck sieht man, dass eine SMS angekommen ist.

Ich kann gar nicht sagen, wie sehr mich Hühnerdreck anekelt. Niemals im Leben würde ich ein mit Hühnerdreck verseuchtes Handy anfassen, bevor es nicht komplett desinfiziert ist. Aber in diesem Fall wische ich den Dreck einfach nur mit dem Daumen zur Seite und schaue wie gebannt auf den Absender. Sie ist tatsächlich von Mama! Mein Herz schlägt mir bis zum Hals.

»Mama hat geschrieben!«, schreie ich und lasse mich neben Rokko ins Gras fallen. Dann klicke ich die verschmierte Nachricht an und wir starren gemeinsam auf das Display.

Geschlagene zehn Sekunden sagen wir gar nichts.

»Was soll das?«, fragt Rokko schließlich. »Ist das eine Geheimschrift? Wie sollen wir das denn verstehen?«

Tatsächlich enthält Mamas Nachricht nicht einen einzigen Buchstaben, sondern nur Symbole. Und zwar die allerunterschiedlichsten. Brennende Herzen und knutschende Smilys genauso wie zähnefletschende Totenköpfe oder Klapperschlangen, die einem die Zunge rausstrecken.

»Das ist bestimmt eine geheime Botschaft«, meint Rokko. Er spuckt auf das Display und reibt es mit seinem Schlafanzugärmel sauber. Dafür hätte ich ihm unter normalen Umständen den Hals umgedreht. Jetzt sitze ich einfach nur da und bin froh, dass er bei mir ist.

»Vielleicht ergeben die Anfangsbuchstaben von den Zeichen ja ein Lösungswort«, rätselt Rokko weiter und kaut dabei an seinen Nägeln.

»Ja klar, ein Wort mit zwei ›H‹ am Anfang. Das gibt es doch gar nicht.«

»Okay, dann rufen wir Mama einfach an und fragen, was sie gemeint hat«, sagt er trotzig.

Eigentlich eine super Idee! Komisch, dass wir nicht gleich drauf gekommen sind. Das Problem ist nur: Mama geht mal wieder nicht dran. Es ist nur die altvertraute Mailbox-Mama zu hören, die behauptet, »bestimmt« innerhalb von zwei Stunden zurückzurufen.

Wir versuchen es noch zwei Mal. Dann schreiben wir

eine SMS, die ganz viele Fragezeichen und Ausrufungszeichen enthält. Doch es kommt keine Antwort. Nicht ein einziges kleines Symbol. Gar nichts.

»Okay, lass uns Papa anrufen«, schlage ich vor.

Rokko nickt und kaut weiter Nägel. Papa geht wenigstens dran. Er will, dass wir ihm Mamas SMS auf der Stelle schicken.

»Wenn ihr Handy wieder senden kann, dann können wir es orten!«, meint er und seine Stimme überschlägt sich fast. »Kinder, das ist ein großer Schritt. Ach, was sage ich, ein mega-giga-gigantomanischer Elefanten-Mammut-Schritt ist das. Ich sag euch, in wenigen Stunden wissen wir mehr. Ich halte euch auf dem Laufenden.«

Dann muss Papa auflegen, weil er keine Zeit verlieren will. Und Rokko und ich sitzen wieder da, auf der Hühnerwiese, schauen uns an und können nichts tun.

Plötzlich durchbricht aufgeregtes Hennengeschrei unser Schweigen. Es hört sich nach einem richtigen Großalarm an. Oder wenigstens nach einem hysterischen Anfall.

»Das ist Molly«, ruft Rokko und ist augenblicklich auf den Beinen.

»Es hat funktioniert!«

»Was hat funktioniert?«

»Na die Übungen. Du weißt schon!«

»Dein Beruhigungs-Training? Soll das ein Witz sein? Das Huhn steht kurz vor einem Nervenzusammenbruch!«

Rokko rennt zum Hühnerhaus und reißt die Tür auf. Dann kommt er mit einem Grinsen im Gesicht und einem dicken weißen Hühnerei in der Hand wieder raus.

»Siehst du! Sie hat nur so laut gerufen, weil sie ein Ei gelegt hat. Hühner sind tierisch stolz, wenn sie Eier legen. So wie Katzen, wenn sie Mäuse gefangen haben. Sie machen ein Riesengeschrei, damit es ja jeder mitkriegt.«

Rokko scheint mindestens so aufgeregt zu sein wie das Huhn selbst. Sieht fast so aus, als wäre ihm das Ei sogar wichtiger als die SMS von Mama.

»Das ist Mollys erstes Ei, seit wir hier sind«, jubelt er. »Und das bedeutet, dass ich zehn Euro verdient habe.«

»Toll«, antworte ich entnervt.

5

Als Sandy um Punkt zwölf nach Hause kommt, brüllen Bill und Phil, als hätte man ihnen grade bei lebendigem Leib die Fußnägel rausgerissen.
Mit aufeinandergepressten Lippen drückt Sandy mir Bill in den Arm und stürmt zum Fläschchenwärmer, den ich wegen der Aufregung um Mamas SMS ganz vergessen habe, anzumachen.

»Wo ist denn meine Nachricht?!«, brüllt sie gegen das Geschrei der hungrigen Babys an. »Warum ist der Zettel weg? Und warum hat niemand die Milch warm gemacht?«

Ich kann Bill kaum auf dem Arm halten, weil er sich windet wie ein Aal. Damit er mir nicht runterfällt, setze ich ihn auf dem Fußboden ab, was dazu führt, dass er nur noch mehr brüllt und sich an mein Bein klammert.

»Molly hat ein Ei gelegt und Mama hat eine SMS geschrieben«, ruft Rokko in Sandys Richtung. Aber unsere Tante scheint sich weder für die eine noch für die andere Sensation zu interessieren. Sie fesselt gerade den schreienden Phil in seinem Hochstuhl. Dann starrt sie auf den Fläschchenwärmer, als würde die Milch schneller warm, wenn man sie zusätzlich mit bösen Blicken anheizt.

Ich kann gar nicht glauben, dass so eine blöde Milcherwärmung unserer Tante wichtiger ist als das Leben ihrer Schwester. Vielleicht hat sie wegen der Brüllbabys ja nicht so genau hingehört. Trotzdem bin ich enorm beleidigt. Rokko lässt sich allerdings nicht beirren. Er war noch nie so eine Leberwurst wie ich. Wahrscheinlich kennt er das Gefühl gar nicht, wenn man innerlich kocht vor Wut, während einem äußerlich ein Mir-doch-egal-Lächeln auf den Lippen einfriert. Natürlich voller böser Hintergedanken und geheimer Rachepläne.

Rokko stellt sich neben unsere Tante und schüttelt ihre Hand so, dass der Winkespeck an ihrem Oberarm zu flattern beginnt.

»Bist du taub? Mama hat geschrieben und Molly hat ein Ei gelegt!«, ruft er. Dann baut er sich vor Sandy auf und lässt die Tischtennisball-großen Muskeln in seinen Oberarmen hervortreten. »Und außerdem bin ich der stärkste Mann der Welt!«

Sandy schaut ihn ungläubig an und zieht die Augenbrauen hoch. »Der stärkste Mann der Welt? Gefangen im Körper eines Achtjährigen?«, fragt sie. Und plötzlich scheinen ihr die schreienden Zwillinge komplett egal zu sein. Jedenfalls beginnt sie über ihren eigenen Witz lauthals zu lachen. Spätestens an dieser Stelle könnte Rokko mal langsam einschnappen. Aber er lacht einfach mit.

»Also, was war das jetzt, eure Mutter hat geschrieben? Das ist ja … das ist ja ungeheuerlich! Was schreibt sie denn?«

»Sie hat leider nur Totenköpfe, Schlangen und brennende Herzen geschickt«, erklärt Rokko.

»Was jetzt, als Päckchen?« Wieder wiehert Sandy vor Lachen.

»Nein, als SMS natürlich«, erklärt Rokko.

Als die Milch endlich warm genug ist, schraubt unsere Tante Gummi-Nuckel auf die Fläschchen und stopft jedem der schreienden Babys eins davon in den Mund. Auf der Stelle ist Ruhe. Das Einzige, was man hört, sind Schmatz- und Sauggeräusche, unterbrochen von wohligem Stöhnen.

Auch Sandy stöhnt einmal laut auf und lässt sich auf einen Küchenstuhl fallen. Sie fährt sich mit den Händen durch das wirre Haar und zwirbelt es zu einem Knoten zusammen, der ein bisschen aussieht wie ein vertrocknetes Vogelnest.

»Das ist eigentlich nicht der Stil meiner Schwester, verschlüsselte Botschaften mit kitschigen Symbolen zu schreiben. Nicht, dass da jemand anders seine Finger im Spiel hatte«, erklärt sie.

Sandy hat ein paar ziemlich haarsträubende Theorien, was alles mit dem Handy passiert sein könnte. Dass es in die Hände eines Tätowierers geraten sein könnte, ist mit Abstand ihre verrückteste Idee. »Und der verschickt jetzt an alle Leute die Bilder, die er ihnen gerne in die Haut stechen möchte«, vermutet sie.

Kaum, dass wir bei dem Mama-Thema nicht so recht weiterkommen, will Rokko auch schon wieder über das Ei reden, das er seiner Meinung nach durch hartes Entspannungstraining aus Molly herausgelockt hat.

Sandy zückt tatsächlich ihr Portemonnaie und übergibt meinem Bruder feierlich seine zehn Euro. Dann schaut sie zu mir rüber. Ich setze wieder mein Frostgesicht auf. Denn natürlich bin ich jetzt noch zusätzlich beleidigt, dass Rokko für ein einziges Ei zehn Euro bekommt, während ich die ganze Zeit schufte und leer ausgehe. Doch wie um mich zu beschämen, drückt mir Sandy ebenfalls einen Schein in die Hand.

»Ach Lou, deine Arbeit kann man natürlich gar nicht mit Geld aufwiegen!«, sagt sie. »Und so sehr ich mir wünsche, dass eure Mutter bald gefunden wird, so sehr hab ich auch Angst vor dem Tag, an dem sie euch abholt und ich hier wieder ganz alleine klarkommen muss.«

Zum Mittagessen bestellt Sandy für jeden eine Pizza beim Pizzadienst um die Ecke. Dann setzt sie die Zwillinge in ihren Laufstall und verschwindet in der Badewanne.

Als es eine viertel Stunde später klingelt, ist Sandy immer noch im Bad.

»Das Portemonnaie ist in meiner Handtasche«, ruft sie.

Rokko läuft schon mal runter zur Haustür, während ich in Sandys Handtasche nach dem Geld suche. Ich wühle mich durch Unmengen von Schminkzeug, Sonnenbrillen, Schnullern und Feuchttüchern, bis ich plötzlich ein riesiges, fliederfarbenes Portemonnaie in der Hand halte.

»Was machst du denn hier?«, höre ich Rokko unten rufen. Ich renne mit dem Geld in der Hand zur Tür, in der Hoffnung, der unerwartete Gast könnte irgendetwas mit Mamas Verschwinden oder besser noch mit ihrem Wieder-Auftauchen zu tun haben. Aber da steht nur der Funtast mit drei fettigen Pizzakartons in der Hand. Er grinst. Irgendwie scheint dem König von Ehrenfeld sein Job als Pizzaausträger kein bisschen peinlich zu sein. Im Gegenteil. Er macht ein Gesicht, als wäre es total würdevoll, fettige Kartons durch die Gegend zu tragen.

»Neunzehn zwanzig«, erklärt er feierlich. Ich zupfe zwanzig Euro aus Sandys Portemonnaie, aus dem mir beim Öffnen die Scheine nur so entgegenquellen. Ein bisschen fürchte ich, der Funtast könnte als Ghetto-König auf die Idee kommen, dass das ganze Geld eigentlich ihm gehören müsste.

»Stimmt so«, sage ich schnell und versuche, das Portemonnaie wieder zuzubekommen. Tatsächlich wird der Funtast beim Anblick des Geldes plötzlich gesprächiger.

»Hey ihr Checker, was geht?«, fragt er und formt seine rechte Hand zu einer Art Pistole, mit der er auf Rokko zielt.

»Ihr wisst schon, dass die Ische, bei der ihr hier wohnt, voll einen an der Waffel hat?«

Rokko starrt in die Mündung der Fingerpistole und ist mal wieder alles andere als ein Checker.

»Waffel?«, fragt er.

Dass mein Bruder ihn nicht versteht, bringt den Funtasten irgendwie aus dem Konzept.

»Ja, einen an der Waffel! Total verpeilt, nicht mehr alle Delfine im Becken, Nadeln an der Tanne, Latten im Zaun, Tassen im Schrank …«

»Okay, wir wissen, was du meinst«, versuche ich, ihn zu stoppen. Obwohl ich selber kein hundertprozentiger Sandy-Fan bin, hat mich seine Aufzählung ganz schön wütend gemacht. Ich stelle mich vor Rokko, drücke dem Funtasten, der tatsächlich ein paar Zentimeter kleiner ist als ich, die dämliche Fingerpistole runter und versuche, die Tür zuzumachen.

»Unsere Pizza wird kalt!«, erkläre ich. Doch so schnell lässt sich der Chef von Ehrenfeld natürlich nicht abwimmeln. Mit Lichtgeschwindigkeit schiebt er seinen klotzigen Turnschuh, ohne den er sicher noch mal zehn Zentimeter kleiner wäre, in den Türspalt und sagt: »Augenblick mal!«

Dann schiebt er sich selbst durch den Klotzschuh-großen Spalt ins Haus rein.

Einen Moment lang schauen wir uns alle ziemlich verdutzt an. Inklusive Wladi und Viti, die sich wie zwei Palastwachen vor der Tür zum Hühnerparadies postiert haben.

»Wer wird denn hier gleich losschmollen?«, fragt der Funtast. »Nur weil ich deinem Bruder das mit der Waffel erklären wollte!«

Rokko kommt jetzt hinter mir hervor und betrachtet den Funtasten in aller Ruhe. Wer weiß, vielleicht versucht er auch, den Hühnerberuhigungs-Blick anzuwenden. Jedenfalls wirkt er ganz und gar angstfrei, was den Funtasten irgendwie zu beeindrucken scheint. Der König von Ehrenfeld nickt wohlwollend, knufft Rokko mit der Faust in den Bauch und grinst.

»Ihr seid zwei echt schräge Vögel. Wenn ihr wollt, besorge ich euch einen Job. Vielleicht nehme ich euch auch in meine Gang auf. Mal sehen.«

»Deine Gang?«, will Rokko wissen. »Was ist das denn jetzt schon wieder. Eine Bande?«

Der Funtast lacht. »Oh Mann, bei dem hier muss man ja bei null anfangen. Aber egal. Ihr seid echt speziell, ihr Homies. Das gefällt mir!«

In dem Moment kommt Sandy die Treppe runter. Leider macht sie ihrem Waffel-Delfin-Latten-Ruf grade alle Ehre. Denn sie hat sich weder abgetrocknet noch angezogen, nachdem sie ihr Schaumbad verlassen hat. Nur die Haare und den Mittelteil ihres Körpers hat sie, Gott sei Dank, in Handtücher gewickelt. Und zwar in Scherzartikel-Handtücher mit Bildern von Armen drauf. Es sieht also so aus, als würde sie von hinten umklammert und festgehalten. Und zwar sowohl am Bauch als auch am Kopf.

»Mirko Röhling, was willst du denn hier?«, ranzt Sandy den Funtasten an. »Schwirr ab und lass die Finger von meiner Nichte und meinem Neffen. Ist das klar?«

Ich hätte fest damit gerechnet, dass der Funtast einen Lachanfall bekommt. Zumal unserer Tante so viel Schaum von den Beinen herunterläuft, dass sie trotz der vielen haltenden Hände beinahe auf der Treppe ausrutscht.

Aber nichts dergleichen passiert. Dem König steht der Mund offen und eine Schweißperle auf der Stirn. Er scheint vor lauter Respekt ganz sprachlos zu sein und macht sogar so was Ähnliches wie eine Verbeugung.

»Hab nur die Pizzas vorbeigebracht, Frau Baumgarten«, stammelt er. »Ich arbeite doch jetzt bei der *Pizzeria Pinocchio,* hier gleich um die Ecke!«

»Na toll!«, zischt Sandy. »Und was machst du dann noch hier in meinem Hausflur? Herr Pinocchio wartet auf dich!«

Der Funtast nickt ganz hektisch, macht eine zweite

kleine Verbeugung und verschwindet durch den Türspalt zurück auf die Straße.

»Kinder, Kinder!«, schnauft Sandy. »Nehmt euch bloß in Acht vor dem Zwerg. Der hat nur Blödsinn im Kopf. Und gemeingefährlich ist er noch dazu.«

»Ist das ein echter Zwerg?«, will Rokko wissen.

»Das kann man wohl sagen«, meint Sandy. »Jedenfalls ist er seit zwei Jahren keinen Zentimeter mehr gewachsen. Und ich glaub auch nicht, dass da noch was nachkommt.«

Warum der »Zwerg« jetzt aber gefährlich ist und was genau für einen Blödsinn er im Kopf hat, kann sie uns leider nicht erklären. Sandy meint nur, Mirko Röhling, so heißt er nämlich wirklich, hätte in seinem ganzen Leben noch nichts auf die Reihe bekommen. Keinen Schulabschluss, keinen Job, kein Garnichts. Aber ständig müsse er überall den dicken Macker raushängen lassen und sich großtun. Wahrscheinlich, weil er in Wirklichkeit so klitzeklein ist. Und krumme Geschäfte anzetteln würde er von morgens bis abends. Was genau das für Geschäfte sind, weiß Sandy allerdings nicht. Jedenfalls möchte sie, dass wir einen weiten Bogen um den Funtasten machen, falls wir ihm mal irgendwo auf der Straße begegnen. Und dass wir ihm nicht antworten, falls er trotz des Bogens versucht, uns anzusprechen.

Leider gehen Sandys abschreckende Worte ein bisschen nach hinten los. Denn durch das Funtast-Verbot wird der

Zwergenkönig natürlich noch interessanter. Ich kann genau sehen, wie Rokkos Augen immer größer werden, und auch ich muss die ganze Zeit darüber nachdenken, was für krumme Geschäfte dieser Mirko wohl so macht und ob sie etwas mit der Gang zu tun haben, in die er uns aufnehmen wollte.

»Wie alt ist Mirko Rohling eigentlich?«, fragt Rokko mit glühenden Apfelbäckchen.

»Rohling, ha ha«, lacht Sandy. »Da kannst du es mal wieder sehen. Noch nicht mal zu einem ordentlich verrohten Namen hat der Schlumpf es gebracht. Ich hab keine Ahnung, wie alt der junge Herr Röhling ist. Er macht ein Riesengeheimnis darum.«

Als wir endlich am Tisch sitzen und die Pizza mit dem inzwischen kalten, zähen Käse essen, kommt eine SMS von Papa.

»Hallo ihr Hasen! Leider hat Mamas Handy schon wieder keinen Empfang mehr ☹ Die Polizei hat nur so eine ungefähre Ahnung, wo sie sein könnte. Bin jetzt mit einem kleinen Sonder-Einsatzkommando auf dem Weg dorthin. Wir durchkämmen dieses ganze verdammte Kenia, wenn es sein muss!«

6

Am nächsten Morgen scheint die Sonne durch unser Dachfenster. Ausgerechnet heute, wo mir so gar nicht nach schönem Wetter zumute ist. Von Papa gibt es keine neue Nachricht. Und von Mama schon mal gar nicht. Ich finde nicht, dass die Sonne irgendeinen Grund hat, so zu strahlen.

Mit letzter Kraft setze ich mein Eislächeln auf und schleppe mich mit Rokko an den Frühstückstisch. Es gibt Müsli mit Erdbeeren, Himbeeren und Brombeeren aus Sandys kleinem Garten. Das sind eigentlich alle meine Lieblingsbeeren auf einem Haufen. Aber ich habe leider keinen Hunger und stochere nur ein bisschen in meinem Schälchen herum. Rokko will gar nichts essen. Er ernährt sich morgens nur noch von Milchkaffee-Milchschaum, den Tante Sandy in einer besonderen Schaumschläger-Maschine so steif rührt, als wäre es Eischnee.

»Ich glaube, ihr beide braucht mal ein bisschen Tagesfreizeit«, sagt sie. »Geht doch einfach ins *Neptunbad,* das ist hier gleich um die Ecke!«

Sandy drückt uns ein paar Scheine aus ihrem übervollen Portemonnaie in die Hand und duldet keine Widerrede.

Nach dem Frühstück ziehen Rokko und ich also zum ersten Mal ganz alleine los. Wir trotten die Körnerstraße entlang bis zur Venloer Straße, laufen vorbei an der noch geschlossenen *Pizzeria Pinocchio,* und biegen dann in die Neptunstraße ein.

Das *Neptunbad* entpuppt sich allerdings als riesengroßer Flop. Es gibt eine Sauna neben der anderen, aber nur ein einziges kleines Schwimmbecken. Mal abgesehen von den vielen Blubberbecken und dem brüllend heißen Kaiserbad, in dem sie Unterwassermusik spielen.

Nirgendwo ist ein Sprungbrett oder auch nur ein Startblock. Man darf noch nicht mal vom Rand ins Wasser springen.

Genau genommen darf man auch sonst nicht viel. Reden zum Beispiel ist an vielen Stellen nicht erlaubt. Besonders in den Saunen und den Ruheräumen, wo ein Wasserbett neben dem anderen steht. Aber das Schlimmste ist: angezogen sein ist ebenfalls verboten. Es herrscht Nacktbadezwang, so weit das Auge reicht! Und alle hier halten sich dran, ganz ohne zu murren.

Nur beim Rumlaufen und Rumliegen darf man sich ein

Handtuch oder einen Bademantel überwerfen. Badehosen oder gar Badeanzüge sind jedoch strengstens verboten. Ich weiß das so genau, weil wir natürlich Badesachen anhatten, als wir reinkamen. Da wurden wir vom Bademeister persönlich rausgewunken. Wir mussten tatsächlich zurück in die Umkleide und die Badesachen wegschließen! Gut, dass Sandy uns wenigstens normale Handtücher eingepackt hat und nicht welche mit Händen, Armen oder anderen Körperteilen drauf.

Damit es auf keinen Fall wegrutscht, schlinge ich mein Badetuch so fest um meinen Körper, dass ich kaum mehr atmen kann. Rokko dagegen scheint das mit dem Nacktsein wurschtegal zu sein. Er stürzt sich ins Kaiserbad, klemmt sich zwei Schwimmbadnudeln unter Nacken und Knie und lauscht der Unterwassermusik, während er glücklich und splitterfasernackt vor sich hin dümpelt.

Man kann sich vielleicht denken, dass Rokko und ich die einzigen Kinder hier sind. Zumal der Eintritt pro Person schlappe siebzehn Euro kostet. Und das für nur zwei Stunden. Eigentlich wollte ich an der Kasse schon wieder gehen und das Geld lieber für etwas anderes ausgeben. Aber Rokko wollte unbedingt rein. Er dachte wohl, für den Preis würde es Mega-Attraktionen geben. Rutschen mit Loopings und Hochdruck-Wasserkanonen. Die einzigen Attraktionen sind allerdings die vielen Körperteile, die man sonst nicht so zu sehen bekommt. Ich glaube, Rokko findet das genauso sensationell wie eine Turbo-Rutsche. Jedenfalls wirkt er bestens gelaunt und schaut sich hemmungslos um – egal ob grade ein Mann oder eine Frau, eine Schrumpel-Oma oder eine Badenixe an ihm vorbeitreibt.

Am liebsten würde ich ihn hier alleine zurücklassen und am Eingang mein Geld zurückfordern. Plus Schmerzensgeld. Doch das traue ich mich nicht. Stattdessen latsche ich ihm unaufhörlich hinterher – von einem Blubberbecken zum nächsten. Draußen im Neptungarten ist es besonders schlimm. Da ziehen sich die Leute noch nicht mal zum Rumliegen etwas über. Und weil die meisten dösen und die Augen geschlossen haben, schaut sich Rokko umso hemmungsloser um. Manchmal stößt er mich sogar an und weist mit dem Kopf auf den ein oder anderen Busen. Dabei setzt er so einen peinlichen Kennerblick auf. Schrecklich! Damit er endlich aufhört, biete ich ihm sogar an, mit meinem Handy zu spielen – aber nur, wenn er sich sein Handtuch umbindet. Rokko willigt tatsächlich ein. Wir legen uns auf eine der herumstehenden Luxusliegen, mein Bruder daddelt und ich versuche, so gut es geht, an den nackten Leuten vorbeizusehen.

Eigentlich ist der Garten mit den verschiedenen Steinbecken, Krüppelkiefern und Riesenbuddhas ganz schön, wenn man sich die vielen Nackten wegdenkt. Die Leute müssen wirklich verrückt sein, weil sie sich hier nicht nur gegenseitig ihre peinlichsten Stellen zeigen, sondern auch noch Gefahr laufen, von den Balkonen aus den umliegenden Wohnhäusern beobachtet zu werden.

Ein bisschen panisch suche ich mit den Augen alle Terrassen und Fenster nach heimlichen Beobachtern ab, weil ich hier echt nicht gesehen werden will. Auch nicht mit Handtuch. Gott sei Dank kann ich keinen einzigen Spion entdecken. Die meisten Fenster sind allerdings ganz schön undurchsichtig. Wie schwarze Löcher.

Plötzlich hält Rokko mir mein Handy vor die Nase.

»Eine SMS«, sagt er leicht verstört. Ich starre auf das Display und hoffe, dass die Nachricht nicht schon wieder nur aus Mini-Tätowierungen besteht. Doch sie besteht zu hundert Prozent aus Worten.

»Alter Verwalter! Ihr seid krass komisch! Echt hardcore!«, steht da.

Und die SMS kommt auch gar nicht von Mama, sondern von einer unbekannten Nummer.

»Was ist denn ein Verwalter?«, will Rokko wissen.

»Keine Ahnung, irgendjemand, der sich um Sachen kümmert, die ihm gar nicht gehören. Große Häuser haben manchmal Verwalter«, erkläre ich.

»Und warum steht dann da ›*alter* Verwalter‹?«

Rokko stellt manchmal echt die falschen Fragen.

»Oh Mann, du darfst nicht immer alles so genau nehmen. Das ist doch nur so eine Redensart. So wie ›alter

Schwede‹. Der ›Verwalter‹ steht da nur, weil er sich auf ›alter‹ reimt.«

Rokko findet, dass sich »Schwede« schließlich auch nicht auf »alter« reimt. Und dass man so gesehen ja jedes Wort mit »alter« kombinieren könne und das wäre ja wohl total beliebig und blöd. Dann behauptet er sogar, er würde es kein bisschen »zu genau nehmen«. Das käme mir nur so vor, weil ich zu oberflächlich sei. Wir sind kurz davor, einen fetten Streit anzufangen. Und dabei sind wir erst bei den ersten zwei Worten der SMS!

»Okay, lass uns später rumzanken«, schlage ich vor. »Lass uns lieber überlegen, wer uns das geschrieben haben könnte und warum.«

Rokko zieht das Handtuch etwas fester um seinen Körper und blinzelt gegen die Sonne. Dann schaut er sich ebenfalls alle umliegenden Fenster und Balkone genau an.

»Vielleicht will uns ja irgendjemand von da oben Angst einjagen. Dahinten hat auch grade eine Gardine gewackelt!«

»Und woher hat derjenige meine Nummer?«

»Vom Funtast vielleicht. Immerhin kennt der hier jeden.«

Wie genau der Funtast selber an meine Handynummer gekommen sein soll, weiß Rokko natürlich auch nicht. Auf jeden Fall will er den Nacktbadegarten plötzlich ganz schnell verlassen und hat auch insgesamt den Spaß am *Neptunbad* verloren.

Als wir aus dem *Neptunbad* rauskommen, bestätigt sich doch tatsächlich der Verdacht, der Funtast könne etwas mit der SMS zu tun haben. Denn er steht grinsend vor dem Eingang, zusammen mit zwei anderen Typen, die so ähnliche Klamotten tragen wie er – nur eben sieben Nummern größer.

»Na, ihr Homies, ich wollte euch mal meine Freunde vorstellen!«, sagt er. »Das hier ist Dreirad. Der kleine Bruder von Fierat.«

Er zeigt auf einen Muskelprotz, der viel zu warm angezogen ist. Dreirad trägt eine dicke Turnhose und unter der Kapuze seines Shirts noch eine Kappe. Normalerweise würde ich um so einen Typen einen riesigen Bogen machen, wenn er mir irgendwo begegnet. Und ich will auch gar nicht wissen, wer sein großer Bruder ist, den er wahrscheinlich immer ruft, wenn es richtig Ärger gibt.

Beim Anblick von Dreirad nehme ich Rokko automatisch an die Hand, was bestimmt peinlich aussieht. Aber der Funtast sieht großzügig drüber hinweg. Dreirad selbst steht nur unbeweglich herum, hat die Arme verschränkt und schaut auf uns herunter.

»Und das hier ist Locko-Mo«, erklärt der Funtast und zeigt auf den zweiten Freund. »Locko-Mo heißt so, weil er krass viele Locken hat. Aber darauf solltet ihr ihn besser nicht ansprechen. Die Locken spacken ihn so was von ab. Da kommt er gar nicht drauf klar.«

Rokko und ich starren unweigerlich auf die kaum vorhandenen Locken von Locko-Mo. Er hat seine Haare an den Seiten nämlich beinahe kahl rasiert. Nur die oberen Haare sind lang, und zu einem superstrengen Zöpfchen zusammengezurrt, das sich hinter dem Haargummi krümmt wie ein Ringelschwänzchen.

Locko-Mo lässt den Witz vom Funtasten einfach an sich abperlen. Und dass wir ihm auf den Kopf starren, scheint ihm auch nichts auszumachen. Dafür ist der Funtast selber plötzlich auf Krawall gebürstet.

»Ich kann nicht glauben, dass ihr da grade vierzig Euro fürs Schwimmen ausgegeben habt!«, sagt er in einem feindseligen Ton. »Eure Tante muss echt zu viel Kohle haben. Ich meine, sie hält Hühner in einem Ladenlokal, das man krass teuer vermieten könnte.«

»Meine Tante hatte noch Gutscheine für das Schwimmbad«, lüge ich. »Und die Hühner sind nur so lange in dem Laden, bis ein Nachmieter gefunden ist.« Mir klopft das Herz bis zum Hals, als ich das sage. Aber irgendwie finde ich nicht, dass Leute wie Dreirad und Locko-Mo denken sollen, in Sandys Wandschrank-Haus gäbe es mordsmäßig was abzustauben.

Rokko sieht mich verwirrt an. Doch er stellt Gott sei Dank nicht wieder blöde Fragen an der falschen Stelle. Dafür fragt er den Funtasten, ob er uns eben die SMS geschickt habe.

»Welche SMS?«, will der Ghetto-König wissen und wackelt vieldeutig mit dem Kopf.

»Das weißt du ganz genau«, sage ich trotzig. »Ich frag mich nur, woher du meine Nummer hast.«

»Ja, genau, ich hab doch noch nicht mal eure Nummer. Wie soll ich euch dann eine SMS schreiben?«

Der Funtast grinst total unsympathisch. Ich drücke Rokkos Hand drei Mal, was unser geheimes Zeichen für »abhauen« ist. Dann drehen wir uns einfach um und gehen.

»Ey, was seid ihr denn immer so schnell eingeschnappt?«, ruft der Funtast uns nach. Kurze Zeit später hören wir seine Schritte direkt hinter uns.

»Ich hatte die Nummer, weil eure Tante mit eurem Handy die Pizzas bestellt hat. Das ist alles! Ihre Nummer ist bei uns gespeichert. Also war es ziemlich wahrscheinlich, dass sie mit eurem Handy angerufen hat.«

Rokko und ich gehen immer schneller, aber es gelingt uns nicht, den Funtasten abzuschütteln. Wenigstens hat er seine Freunde nicht mehr im Schlepptau. Als er in der Körnerstraße immer noch auf uns einredet, dreht sich Rokko plötzlich zu ihm um. Er stemmt die Hände in die Hüften, schnappt ein paar Mal nach Luft und setzt zu einer kleinen Rede an: »Hör mal zu, Mirko Rohling«, keucht er. »Du findest zwar, dass unsere Tante nicht mehr alle Tassen im Schrank hat, aber unsere Tante sagt dasselbe über dich auch. Oder jedenfalls so was Ähnliches. Und wenn wir einem von euch beiden glauben müssen, dann glauben wir lieber unserer Tante. Wir machen lieber bei der mit als in deiner Bande da. Darum kannst du uns jetzt in Ruhe lassen.«

»Hey, hey, hey!« Der Funtast macht einen kleinen Satz nach hinten, so als wäre er von Rokkos Rede-Wucht getroffen worden. »Kleiner Mann, das waren aber große Worte!«, sagt er gespielt beeindruckt.

»Du bist doch der kleine Mann«, antwortet Rokko tapfer. »Ich bin ein Kind. Aber klein bin ich nicht. Jedenfalls nicht für mein Alter.«

Ich halte für einen Moment die Luft an. Ich kann mir nicht vorstellen, dass der Funtast gerne auf sein Kleinsein angesprochen wird. Aber er geht einfach darüber hinweg.

»Okay, eure Tante mag mich also nicht«, sagt er. »Und sie posaunt das auch noch herum. Das ist nicht besonders schlau von ihr. Nicht, dass ich ihr aus Versehen mal auf die Pizza spucke!« Der Funtast lacht, und ich entdecke den Diamanten, der auf seinem Schneidezahn klebt und in der Sonne aufblitzt. Im Hintergrund sieht man Locko-Mo und Dreirad angeschlendert kommen – mit den Händen in den Hosentaschen, die Blicke fest auf den Bürgersteig gerichtet.

Der Funtast redet einfach immer weiter. »Aber dass ihr deswegen auch Stress mit mir anfangen wollt, finde ich echt schwach von euch«, erklärt er. »Was seid ihr? Zwei gehirnamputierte Püppies, die alles tun, was die Großen ihnen sagen? Voll tantenfreundlich, oder was? Aber gut, wenn ihr meint, dass ihr hier im Ghetto keine Freunde braucht, bitte schön!«

Es fühlt sich an, als könnte die Situation gleich aus dem Ruder geraten. Besonders wenn die anderen Funtast-Fans da sind. Darum nehme ich Rokko wieder an die Hand, und wir laufen so schnell wir können zu Sandys Haus, schließen die Tür auf und lassen sie noch im selben Moment wieder hinter uns ins Schloss fallen. Das war zwar ein ziemlich uncooler Abgang, aber immerhin sind wir erst mal in Sicherheit.

»Hast du gesehen, was dieses Dreirad für ein Ungetüm ist?«, schnauft Rokko, der meine Hand gar nicht mehr loslässt. Ich nicke.

»Die sind alle drei Ungetüme, jeder auf seine Art«, sage ich. »Aber ich finde, wir sollten Sandy nicht erzählen, dass wir sie getroffen haben. Das macht die Sache nur noch komplizierter.«

7

Beim Mittagessen erzählen wir gar nichts über unseren merkwürdigen Vormittag. Weder über die nackten noch über die angezogenen Ungetüme. Sandy fragt auch nicht, denn sie ist viel zu beschäftigt mit Phil und Bill, die ihre Münder einfach nicht aufmachen wollen, wenn der Löffel mit dem durchfallfarbenen Gemüsebrei angeflogen kommt. Egal, welche Summ- und Knattergeräusche Sandy beim Landeanflug auch macht.

Nach dem misslungenen Mittagessen werden die Zwillinge in ihre Schlafsäcke gezwängt und in ihre Gitterbettchen gelegt. Und wieder wundert sich Sandy, dass die beiden nicht tun, was man von ihnen verlangt. Nämlich auf der Stelle einschlafen. Wahrscheinlich haben sie einen Bärenhunger, weil dieser Gemüsebrei einfach nicht schmeckte. Und sie haben bestimmt keine Lust, ständig in diese Zwangsjacken gesteckt und in diese Betten-Käfige gesperrt zu werden.

Jedenfalls denken sie gar nicht daran, auch nur ein Auge zuzumachen. Dafür stehen beim Brüllen ihre Münder plötzlich sperrangelweit offen. Eigentlich könnte man ihnen jetzt ruck, zuck ein ganzes Gläschen Gemüsebrei auf einmal da reinschütten.

Sandy sitzt aber nur tatenlos daneben. Sie liest in einem ziemlich dicken Buch mit dem Namen *Das Geheimnis zufriedener Babys*. Und man kann nur hoffen, dass das Geheimnis nicht erst auf der letzten Seite gelüftet wird, so wie es bei den meisten Büchern, die von Geheimnissen handeln, der Fall ist.

Als die Babys nach zehn Minuten immer noch alles andere als glücklich sind, springt unsere Tante auf, reißt die Zwillis aus dem Bett, packt sie in den Kinderwagen und rauscht ab.

»Ich mach noch ein bisschen Schütteltherapie«, ruft sie uns beim Rausgehen zu. Dann ist es plötzlich still. Selbst von den Hühnern hört man keinen Mucks. Ich glaube, alle im Haus sind einfach nur froh, dass Ruhe herrscht.

»Vielleicht hat der Funtast ja recht«, meint Rokko mitten in die Stille hinein. »Vielleicht ist Sandy ja wirklich verrückt.«

»Bestimmt nicht verrückter als er selbst!«, antworte ich.

Rokko nickt. »Vielleicht ist ja dieses ganze Ehrenfeld

verrückt. Einen normalen Menschen habe ich hier jedenfalls noch nicht gesehen.«

Nachdem wir die Küche aufgeräumt haben, gehen wir hoch in unser kleines Zirkuszelt. Die Lavalampe blubbert beruhigend vor sich hin. Ich sehe mir im Internet einen Film über die Gegend an, in der Papa auf der Suche nach Mama ist. Ihr Handy ist in einem riesigen Park, der Nationalpark heißt, geortet worden. Eigentlich gibt es da kaum Handy-Empfang, weil viel zu wenig Handy-Masten herumstehen. Man muss Glück haben und ein paar von den frei fliegenden Sendestrahlen ergattern, um eine SMS mit Herzen und Totenköpfen loszuwerden.

In dem Park leben nicht nur besondere Tiere, sondern auch besondere Menschen. Und damit meine ich eine andere Art von Besonderheit, als man sie bei den Leuten in Ehrenfeld antrifft.

Wenn Mama also Glück hat, dann ist sie bei diesen besonderen Leuten irgendwo untergekommen. Sie heißen Massai, sind allesamt dreimal so groß wie der Funtast, haben dunkle Haut und tragen ziemlich bunte Kleidung.

Während ich mir auf *YouTube* ansehe, wie die Massai kochen und tanzen und ihre Babys währenddessen ganz ohne Gitterbetten klarkommen, holt sich Rokko noch mal Sandys alte Fotoalben aus dem Spiegelschrank, und studiert den Bart des Bartmanns.

Es ist fast ein bisschen gemütlich, jedenfalls wenn man

nicht grade darüber nachdenkt, dass unsere Mutter wie vom Erdboden verschluckt ist und unser Vater in diesem riesigen Park voller wilder Tiere herumläuft. Doch dann geht unten mit einem lauten Rums die Haustür wieder auf und ein Mordsgeschrei ist zu hören. Diesmal allerdings nicht von den Babys, sondern von Sandy selbst. Man hört eine Frau, die auf unsere Tante einredet, und die Stimme von einem Mann, die allerdings kaum gegen das Geschrei ankommt.

Rokko und ich rennen die Treppe hinunter. Sandy fuchtelt so wild mit den Armen in der Luft herum, dass der Winkespeck an ihren Oberarmen hin und her flattert.

»Nur zwei Minuten, ich war wirklich nur zwei Minuten in dieser dämlichen Bäckerei!«, schreit sie.

Neben ihr stehen eine Polizistin und ein Polizist und runzeln die Stirn.

»Und sie sind ganz sicher, dass sie nicht vielleicht …«

»Klar bin ich mir sicher!«, kreischt Sandy. »Ich bin doch nicht verrückt!«

Rokko und ich gucken uns an. Der Polizist und die Polizistin gucken sich auch an. Hoffentlich denken wir nicht alle vier dasselbe!

Die beiden nicken sich zu, dann kommt der Polizist zu uns auf die Treppe und fragt ganz leise, ob wir irgendwo ungestört reden können. Wir gehen in die Küche, und der Polizist kniet sich neben uns auf den Boden, als wären wir noch Kindergartenkinder. Er holt tief Luft und sagt: »Ich bin Bruno Notdurft und ich muss euch leider sagen, dass eure Geschwister verschwunden sind.«

Rokko und ich sehen uns schon wieder an. Und wieder denken wir wohl Dasselbe: Sind in diesem Ehrenfeld eigentlich alle verrückt? Selbst die Polizei?

»Wir haben keine Geschwister«, erklärt Rokko.

»Habt ihr nicht?« Der Polizist runzelt wieder die Stirn. Wahrscheinlich denkt er auch schon wieder darüber nach, dass unsere Tante nicht mehr alle Delfine im Becken, Nadeln an der Tanne und Latten im Zaun gleichzeitig hat. Weil sie ihm was von verschollenen Kindern erzählt hat, die es gar nicht gibt.

»Vielleicht meinen sie ja unsere Cousins«, versuche ich, die Sache aufzuklären.

»Ach so!«, schnauft Herr Notdurft. »Dann ist Frau Baumgarten gar nicht eure Mutter?«

Ich schüttele den Kopf.

»Sie ist unsere Tante«, sagt Rokko. Seine Ohren haben vor lauter Durcheinander angefangen zu glühen.

»Und wo ist eure Mutter?«, will der Polizist wissen.

»Die ist verschwunden«, antworte ich.

Ich weiß, dass diese Antwort nur noch mehr Verwirrung stiftet. Aber Bruno Notdurft gibt nicht auf und versucht, den Wahnsinn zu sortieren.

»Also noch mal ganz langsam, und zum Mitschreiben.

Ihr seid hier bei eurer Tante, weil eure Mutter verschollen ist.«

»Ja, genau! Mama ist in Afrika und hat kein Handysignal. Außer einmal kurz, als plötzlich die SMS mit den Herzen und Totenköpfen hier ankam«, erklärt Rokko. »Und da haben die Polizisten in Afrika versucht, das Handy schnell zu orten. Und jetzt suchen sie Mama in einem riesigen Park, der fast so groß ist wie ganz Deutschland.«

»Okaaay,« antwortet Bruno Notdurft. Dabei sieht man ihm an, dass gar nichts okay ist. Aber dass er diesen Fall bestimmt nicht auch noch lösen will. Er richtet sich ein bisschen auf, zieht die Stirn wieder glatt und atmet einmal tief ein und aus.

»Dann muss ich euch jetzt wohl sagen, dass eure Cousins auch verschwunden sind. Eure Tante sagt, sie hätte den Kinderwagen mit den beiden schlafenden Jungen nur zwei Minuten vor der Bäckerei abgestellt. Und als sie wieder rauskam, war er weg.«

Erst jetzt wird mir klar, dass wirklich etwas Schreckliches passiert ist. Jemand hat Phil und Bill gestohlen, und mir kommt sofort der Funtast in den Sinn, der Sandy nicht mag und ihr auf die Pizza spucken wollte. Aber was soll er mit ihren Babys anfangen? Auch wenn hier alle verrückt sind, das macht keinen Sinn. Es sei denn, er hätte sie entführt, um an Sandys pralles Portemonnaie zu kommen.

Aber was, wenn es nicht so ist? Wenn ich dem Funtasten jetzt diesen Bruno Notdurft auf den Hals hetze und er hat mit dem Verschwinden der Zwillinge rein gar nichts zu tun? Puh, dann könnte das ganz üble Folgen für Rokko und mich haben. Vielleicht sollten wir lieber erst mal warten, ob es einen Erpresserbrief gibt. Oder einen Anruf. Bis dahin könnten Rokko und ich ja auf eigene Faust ermitteln. Wer weiß, vielleicht sind wir ja mindestens so geschickt wie ein Polizist, der sich auf den Boden hockt, wenn er mit Leuten redet, die unter 1,60 Meter groß sind. Wahrscheinlich würde er vor dem kleinen Funtasten auch erst mal einen Kniefall machen, bevor er ihn verhört.

Gott sei Dank scheint Rokko ähnlich zu denken wie ich. Jedenfalls verliert auch er kein Wort über die drei Ungetüme von heute Nachmittag.

»Kinder, ich muss meinem Namen mal kurz alle Ehre machen«, sagt Herr Notdurft und rappelt sich wieder auf. Dann sieht er uns fragend an und wir schauen genauso fragend zurück.

»Ehre machen?«, wiederholt Rokko.

»Na ja, ein bisschen Notdurft verrichten, ihr wisst schon, für kleine Königstiger ...«

Ich habe so eine leise Ahnung, dass der Typ zur Toilette will. Aber wenn er sich bei seiner Arbeit genauso umständlich anstellt wie beim Aufs-Klo-Gehen, dann sollte man ihm wirklich nicht die Suche nach den Zwillingen anvertrauen.

Als Herr Notdurft ins Bad verschwunden ist, können Rokko und ich uns kurz besprechen.

»Glaubst du, es war dieser Mirko Rohling?«, flüstert Rokko und starrt mich aus weit aufgerissenen Augen an.

»Eigentlich nicht. Falls er an Sandys Geld will, wäre es einfacher, hier einzubrechen als tagelang diese Schreihälse bei sich zu haben.«

»Vielleicht gibt er ihnen ja Schlaftabletten«, meint Rokko.

Entschieden schüttele ich den Kopf. Trotzdem bekomme ich bei der Vorstellung ein Ziehen im Bauch. Ich schlage vor, dass wir versuchen, dem Funtasten alleine auf die Schliche zu kommen – für den unwahrscheinlichen Fall, dass er doch der Kidnapper ist. Schließlich sind wir mindestens so geschickt wie dieser Bruno Notdurft, der seinem Namen schon alle Ehre macht, wenn er nur aufs Klo geht.

Bei der Idee, die Ermittlungen selbst in die Hand zu nehmen, werden Rokkos Panik-Augen noch ein paar Millimeter größer.

»Okay, keine Bullen«, sagt er tapfer.

Der Nachmittag wird noch ziemlich anstrengend, auch nachdem Herr Notdurft endlich von uns abgelassen hat. Ein bisschen trösten wir Sandy, ein bisschen trösten wir uns gegenseitig und ein bisschen beruhigen wir noch Frau

Großgedeck, die vom Jugendamt angerückt kommt, um nachzugucken, ob Sandy vor lauter Traurigkeit noch in der Lage ist, uns eine gute Tante zu sein.

»Klar ist Sandy tantentauglich!«, protestiert Rokko, und ich bin erstaunt, wie mutig er im Laufe des Tages geworden ist. Erst widerspricht er dem Funtasten, dann willigt er ein, auf eigene Faust und ohne Polizei zu ermitteln, und am Ende verscheucht er noch die Frau vom Jugendamt. Vielleicht glaubt er ja, als einziger Mann im Haus durchgreifen zu müssen. Dabei ist er kaum älter als die Katzen.

Auch Sandy findet, dass wir in dieser schweren Stunde bei ihr bleiben müssen – egal wie tauglich sie ist.

»Sie wollen mir doch jetzt nicht auch noch *diese* Kinder wegnehmen!«, ruft sie empört.

Das Ende vom Lied ist, dass Frau Großgedeck ab jetzt einmal am Tag nach uns gucken kommen will.

Später kommen noch ein paar andere Leute von der Kriminalpolizei vorbei. Angeblich wird jetzt eine Großfahndung eingeleitet. Sandys Telefone werden von einem Spezialcomputer erfasst – für den Fall, dass ein Erpresser anruft. Den könnte man dann sofort ausfindig machen, auch wenn seine Nummer nicht auf dem Display erscheint.

Außerdem bekommt jeder von uns eine Visitenkarte mit der Handynummer des Kommissars. Wenn uns noch irgendetwas einfällt oder auffällt, sollen wir ihn sofort anrufen.

Als endlich alle weg sind, sitzt Sandy am Küchentisch und starrt Löcher in die Luft. Ich mache ihr einen Tee und Rokko versorgt die Hühner. Es ist unheimlich still im Haus, und es fühlt sich so an, als wäre die Zeit stehen geblieben. Ausgerechnet jetzt, in diesem traurigen Moment!

Die Einzigen, die noch gute Laune vortäuschen, sind Wladi und Viti. Wie zwei Autoscooter kurven sie mit aufgerichteten Schwänzen um Sandys Beine herum und schnurren, was das Zeug hält. Vielleicht wollen sie die Arme ja einfach nur trösten. Tatsächlich schnappt sie sich einen von den beiden, nimmt ihn in den Arm und vergräbt ihr Gesicht in den Fellmassen.

»Vielleicht hat ja auch der Papa von den Zwillingen die beiden gemopst«, meint Rokko, als er nach dem Hühnerfüttern mit drei frisch gelegten weißen Eiern wieder zurück in die Küche kommt.

»Der Vater der Kinder hat sie bestimmt nicht. Der ist doch ständig im Ausland unterwegs. Was soll der denn da mit den Babys!«, schnieft Sandy in Wladis Wuschelbauch hinein.

»Was macht er denn da, im Ausland?«, will Rokko wissen.

»Ach, was Männer halt so machen. Sich selbst verwirklichen, Männerträumen nachhängen, weg sein. Angeblich hatte er immer unglaublich wichtige Auftritte mit seiner Band. Die sind natürlich viel wichtiger als seine Familie.«

Nun hebt Sandy doch noch ihren Kopf. Mit den rot geweinten Augen und den wirren Haaren sieht sie ein bisschen unheimlich aus.

»Der Typ braucht sich hier echt nicht mehr blicken zu lassen«, sagt sie mit dunkler Stimme. Doch Rokko gibt nicht auf.

»Aber er ist doch der Papa«, sagt er empört. »Wenn er Kinder haben will, warum will er dann nicht bei ihnen sein?«

Das ist nicht die Frage, die Sandy wieder versöhnlich stimmen würde. Im Gegenteil. Ihr Mund wird klein und knitterig und auch die Augen sehen plötzlich ganz verkniffen aus.

»Wisst ihr, Kinder kriegt man auch manchmal, wenn man sie nicht unbedingt haben will. Das nennt man dann ›Unfall‹!«

Rokko und ich zucken zusammen. Aber es ist klar, dass weiteres Fragen an dieser Stelle noch weniger erwünscht ist als das Tragen von Badehosen im *Neptunbad*.

8

An diesem Abend will Sandy ganz früh ins Bett. »Ich glaube, ein bisschen Schlaf tut uns jetzt allen gut«, meint sie und verschwindet mit einer großen Kanne Beruhigungstee in ihrem Zimmer. Ich kann mir nicht vorstellen, dass sie nach all der Aufregung einfach so einschlafen kann. Aber vielleicht will sie ja auch nur mal in Ruhe traurig sein, ohne dass gleich an ihrer Tantentauglichkeit gezweifelt wird.

Rokko und ich ziehen uns auf den Dachboden zurück. In meinem Kopf toben so viele Gedanken gleichzeitig, dass ich kaum einen zu Ende denken kann. Ich muss an Mama denken, die ja auch manchmal im Ausland ist. Und ich frage mich, ob sie sich da auch selbst verwirklichen muss und was das überhaupt sein soll. Außerdem quält mich die Frage, ob wir der Polizei von dem Funtasten hätten erzählen müssen. Und wie überhaupt jemand Babys stehlen kann – weil sie doch das aufmüpfigste Diebesgut aller Zeiten sind. Man kommt ja schon kaum mit ihnen klar, wenn man sie nicht gestohlen hat, sondern einfach nur besitzt. Vielleicht hat sie aber auch jemand gestohlen, der gerne selber Babys hätte und keine kriegen kann. Soll's ja geben. Jemand, der froh über einen ›Unfall‹ wäre und nach dem Crash nicht einfach abhauen, sondern einen Freudentanz aufführen würde.

»Was meinte Sandy eigentlich mit ›Unfall?‹«, fragt Rokko, als hätte er meine Gedanken gelesen.

»Weiß auch nicht so genau«, behaupte ich. Aber von mir lässt sich Rokko nicht abwimmeln.

»Was glaubst du denn, was es sein könnte?«

Ich schnaufe und brumme, aber Rokko lässt nicht locker.

»Du weißt doch, wie Kinder entstehen, oder? Das hat Mama dir doch mal erklärt.«

Mein Bruder nickt und verzieht das Gesicht. »Du meinst das Eklige. Wo man …«

»Ja, nenn es wie du willst«, unterbreche ich ihn schnell. »Ich meine, Mama hat es ›Liebe machen‹ genannt. Und Liebe macht man halt nicht nur, um Kinder zu kriegen. Und wenn man grade kein Kind haben will, muss man halt aufpassen, dass die Frau nicht schwanger wird. Wenn es trotzdem passiert, dann nennt man es Unfall.«

Ich sehe Rokko an, dass diese Information am heutigen

Tag eine Nummer zu groß für seinen kleinen Kopf ist. Er verzieht qualvoll das Gesicht, als ginge sie kaum rein. Und als sie endlich drin ist, schüttelt er sich wie ein nasser Hund. Jedenfalls stellt er keine weiteren Fragen mehr.

»Was ist, sollen wir heute noch nachsehen, ob Mirko Röhling die Kinder gestohlen hat?«, versuche ich, Rokko ein bisschen abzulenken. Es klappt. Er ist sofort Feuer und Flamme, scheint das eklige Liebemachen auf der Stelle vergessen zu haben und schlägt vor, dass wir bei Herrn Pinocchio eine Pizza essen gehen, um den Funtasten aus nächster Nähe beobachten zu können.

Ich sage Rokko nicht, dass der Besitzer der *Pizzeria Pinocchio* wahrscheinlich nicht »Herr Pinocchio« heißt. Und dass das nur ein Scherz von Sandy war. Rokko musste heute schließlich schon genug einstecken.

Bevor wir gehen, reißt mein Bruder noch ein Foto von den Zwillingen aus einem der Alben im Spiegelschrank.

»Fahndungsfoto«, sagt er mit ernstem Gesicht. Ich glaube, er ist wieder oben auf!

Es fühlt sich seltsam an, abends heimlich das Haus zu verlassen. Gar nicht gut, aber ein kleines bisschen auch toll. Wir schleichen an Sandys verschlossener Schlafzimmertür vorbei und am Zimmer der Zwillinge, dessen Tür ein Stück offen steht. Im Halbdunkeln sieht man die Umrisse von Wladi und Viti, die es sich in den Gitterbettchen der Zwillis gemütlich gemacht haben. Als die Babys noch da waren, war das strengstens verboten.

Unten im Flur hängt Sandys Tasche mit dem dicken Portemonnaie, aus dem wir uns zwanzig Euro Pizzageld herausnehmen. Rokko und ich haben noch nie etwas geklaut, außer uns gegenseitig ein paar Süßigkeiten. Aber in diesem Fall ist es ja für den guten Zweck. Außerdem müssen wir schließlich irgendwie satt werden. Da ist »klauen« vielleicht gar nicht der richtige Ausdruck.

Als die Tür mit einem leisen Klicken hinter uns ins Schloss fällt, bekomme ich eine Gänsehaut und vergewissere mich zum dritten Mal in zwei Minuten, dass ich den Haustürschlüssel in der Hosentasche habe. Wir werfen durch das Schaufenster einen letzten Blick auf Holly, Molly, Dolly und Rolly, deren Vater Olli sicher nicht darüber nachgedacht hat, ob beim Liebemachen ein Unfall passieren könnte, und gehen die Körnerstraße in Richtung Venloer Straße.

Die *Pizzeria Pinocchio* ist hell erleuchtet und rappelvoll. Nur neben der Toilettentür ist noch ein kleiner Tisch frei.

»Der ist bestimmt für die Klofrau«, flüstert Rokko mir zu. Wir setzen uns trotzdem und gucken uns ein bisschen um. Mirko Röhling ist nirgendwo zu sehen.

Die Leute hier sind ziemlich laut und an einem Tisch bekommen alle gleichzeitig einen Lachanfall. Bis hierhin scheint sich das traurige Verschwinden der Zwillinge jedenfalls noch nicht rumgesprochen zu haben. Nur der alte Mann am Nachbartisch hat keine gute Laune. Seine Mundwinkel hängen fast bis zu seinem Doppelkinn herunter und die Augen fallen ihm immer wieder zu. Vielleicht ist er ja traurig, weil er erstens alleine und zweitens schwerhörig ist. Jedenfalls steckt in seinem Ohr so ein fleischfarbenes Plastikteil, das aussieht wie ein Hörgerät. Auf seinem Tisch liegt ein uraltes Handy, auf dem aber auch grade keiner anruft.

Es dauert eine Ewigkeit, bis ein Kellner zu uns in die hinterste Ecke vordringt. Er bedient zuerst den Mann mit dem Hörgerät, was in eine ganz schöne Schreierei ausartet, weil der Alte ihn nicht versteht. Dann kommt der Kellner endlich zu uns rüber.

»Was macht ihr denn hier? Schon mal was von Jugendschutzgesetz gehört?«, fragt der Kellner, der ein sportlicher Typ mit einer schnittigen Frisur ist.

»Sind sie Herr Pinocchio?«, fragt Rokko zurück. Der Kellner, der natürlich nicht Pinocchio heißt, weder mit Vor- noch mit Nachnamen, rollt mit den Augen.

»Sehr witzig! Und wer seid ihr? Hänsel und Gretel? Pünktchen und Anton? Jetzt verschwindet hier, bevor wir Ärger mit den Bullen bekommen!«

Ich werfe einen kurzen Blick auf den Miesepeter am Nebentisch. Seine Augen sind grade schon wieder zugefallen. Dann weise ich mit dem Kopf auf ihn und flüstere: »Wir sind mit unserem Opa hier. Der hat Depressionen und will lieber alleine an einem Tisch sitzen.«

Der Kellner schaut mich ungläubig an. Aber er hat wohl keine Lust, den Alten erneut anzuschreien, um herauszufinden, ob er wirklich Depressionen hat und ob er deswegen seine Enkel wirklich nicht am Tisch haben will.

»Ich nehme den *Kinderteller Pinocchio*«, sagt Rokko.

»Ich auch!«, erkläre ich schnell. Der Kellner wirft uns noch mal einen prüfenden Blick zu, schreibt dann aber die Bestellung auf seinen Block und verschwindet wieder.

»Was sind denn jetzt schon wieder ›Depressionen‹?«, will Rokko wissen.

»Depression ist Traurigsein als Krankheit. Dauertraurig sozusagen.«

Mein Bruder sieht bestürzt aus. »Haben wir das auch bald?«, will er wissen.

Ich schüttele den Kopf. »Nein, solange man sich nicht unterkriegen lässt, hat man das nicht«, behaupte ich. Aber ganz wohl ist mir bei der Antwort nicht.

Von unserem Platz aus kann man den Pizzabäcker beobachten, der die Teigbälle so lange in der Luft herumschleudert und knetet, bis aus ihnen hauchdünne, kreisrunde Pizzaböden werden. Zwischendurch geht er mit seinen mehligen Händen ans Telefon und nimmt Bestellungen entgegen.

Wir warten eine Ewigkeit auf unsere *Pinocchio-Teller*.

Zwischendurch geht sogar das Steinzeit-Handy des Schwerhörigen. Es brummt und kreiselt wie eine angeschossene Hummel auf dem Tisch umher. Aber der Alte kriegt vor lauter Dösen und Depressionen gar nichts davon mit.

Ich starre auf den Todeskampf des Telefons, als Rokko mich anstößt. »Achtung, er kommt!«, zischt er. Tatsächlich steht plötzlich der Funtast in der Tür. Rokko und ich ducken uns vor Schreck. Doch Mirko schaut sich gar nicht um. Er ist viel zu sehr damit beschäftigt, sich einen Rüffel vom Pizzabäcker abzuholen.

»Madonna Mia, wo bleibst du denn? Du kommst noch zu deiner eigenen Beerdigung zu spät!«, begrüßt ihn der Teigschleuderer und er jongliert mit einem seiner Fladen ein paar Mal um Mirkos Ohren herum. »Jetzt sind die bestellten Pizzen schon wieder kalt. Ich muss alles neu backen!«

Der Funtast faselt etwas von »kein Wechselgeld gehabt«. Doch der Pizzamann will nichts davon wissen. »Wenn du noch mal so spät kommst, bist du gefeuert!«, ruft er. Der Funtast muss warten, bis die neuen Pizzen fertig sind und tippt währenddessen ein bisschen auf seinem Smartphone herum.

Rokko stößt mich an. In seinen Augen sehe ich plötzlich so ein seltsames Leuchten.

»Wie wäre es, wenn wir Mirko einen Drohbrief schreiben? Noch bevor er vielleicht Sandy einen schreibt.«

Ich verstehe nicht ganz, was er meint, da zeigt Rokko auf das Handy des Alten neben uns. Und dann hat er es sich auch schon geangelt, ohne, dass unser Nachbar irgendetwas davon mitbekommt. Ich kapiere immer noch nicht, was mein Bruder sich ausgedacht hat.

»Bist du irre?«, zische ich ihn an.

»Ist doch nur geliehen. Nur für zwei Minuten.«

»Und was willst du damit?«

»Mirko Rohling eine SMS schreiben, die ihm das Blut in den Adern gefrieren lässt. Du hast doch noch seine Nummer, oder? Von der Alter-Verwalter-Nachricht heute Morgen im Nacktbadegarten.«

Ich nicke und langsam dämmert mir, was Rokko vorhat.

Er reicht mir den alten Knochen rüber, denn Tippen ist nicht grade seine Stärke.

»Was soll ich denn schreiben? ›Rück die Zwillinge raus oder es knallt‹?«

»So ähnlich!«

Wir einigen uns auf: *»Ich weiß, dass du sie gestohlen hast. Ich habe dich beobachtet. Und wenn sie nicht bis morgen früh wieder da sind, wo sie hingehören, hetze ich dir die Polizei auf den Hals.«*

Das hört sich schön schwammig an, für den Fall, dass der Funtast gar nichts mit dem Zwillingsklau zu tun hat. Ich drücke auf *Senden* und Rokko legt das Handy klammheimlich wieder zurück auf den Nachbartisch. Dann ducken wir uns zum zweiten Mal und warten, dass Mirko die SMS liest. Doch er kommt gar nicht dazu. Denn in dem Moment sind die Pizzen fertig, die er ausliefern soll, und er ist auch schon wieder verschwunden. Uns bleibt nichts anderes übrig, als zu warten.

Der *Kinderteller Pinocchio* besteht aus einer Portion Nudeln mit köstlicher Bolognese-Sauce und einem Eis mit Früchten in Form eines Pinocchio-Kopfes. Mit einer langen Erdbeere als Nase.

Rokko schüttelt sich ein bisschen.

»Die Nase sieht aus, als wäre sie voller Mitesser«, sagt er. Tatsächlich sehen die vielen winzigen Krater mit den kleinen schwarzen Samen ein bisschen ekelig aus. Jedenfalls wenn man sich vorstellt, dass sie sich auf einer Nase befinden. Zu allem Überfluss fällt mir auch noch ein, dass die Angestellten in diesem Laden den Leuten ins Essen spucken, wenn sie sie nicht mögen.

Ich ziehe die Erdbeere an den Rand des Tellers und untersuche das Eis auf irgendwelche Schleimspuren, als das Steinzeithandy auf dem Nachbartisch einmal kurz losknurrt und zittert. Hört sich an, als wäre eine neue Nachricht eingetroffen.

Rokko und ich sehen uns erschrocken an. Dann schauen wir rüber zu dem Opa, der leider grade nicht die Augen geschlossen hat, sondern an einem blutigen Stück Fleisch herumsäbelt. Er nimmt das Handy in die Hand, begutachtet es misstrauisch von allen Seiten und legt es zurück auf den Tisch.

»Ich glaube, der Mann hat in seinem ganzen Leben noch keine SMS bekommen«, flüstert Rokko mir zu. Ich nicke.

Den Rest unseres Nachtischs essen wir extrem langsam, damit der Kellner nicht auf die Idee kommt, abzuräumen und die Rechnung zu bringen. Als das Eis längst geschmolzen ist und Pinocchios Nase zusammen mit dem Erdbeermund und den Blaubeeraugen in der Eis-Suppe herumschwimmt, fallen unserem schwerhörigen Nachbarn endlich wieder die Augen zu. Wir stibitzen uns sein Handy zum zweiten Mal. Schnell öffne ich die SMS, die tatsächlich von der Funtasten-Nummer aus gesendet wurde, und lese Rokko leise vor: »*Ey Alter, entspann dich! Wer bist du überhaupt? Was hast du mit der Sache zu tun? Willst du Kohle oder was? Lass uns treffen. In einer Stunde am Neptunplatz.*«

Mir wird ganz heiß. Rokko starrt weiter auf den dösenden Nachbarn.

»Denk dir schnell 'ne Antwort aus!«, sagt er. »Ich gucke, ob der Typ wach wird.«

Schnelldenken ist nicht grade meine Spezialität. Schon gar nicht unter diesen Bedingungen. Ein Wunder, dass mir trotzdem etwas einfällt.

»*Nicht reden, zurückbringen! Das ist mein letztes Wort. Ich mache jetzt das Handy aus.*«, tippe ich und drücke auf

Senden. Dann lösche ich beide SMS, die ich geschrieben habe. Nicht, dass der Alte eines Tages doch noch das Simsen lernt und einen Herzinfarkt bekommt, wenn er sieht, was von seinem Handy aus für Botschaften losgeschickt wurden.

Rokko legt den alten Knochen zurück auf den Nachbartisch. Dann nicken wir uns zu, stehen ganz leise auf, und schleichen uns zur Theke, um schon mal zu bezahlen.

»Euer Opa lädt euch nicht ein?«, will unser sportlicher Kellner wissen. Wir schütteln beide den Kopf. »Und er lässt euch ganz alleine nach Hause gehen?«

Ich nicke und halte ihm Sandys zwanzig Euro hin. »Stimmt so«, sage ich schnell und wir verziehen uns in Richtung Tür, bevor dem Typ noch weitere unangenehme Fragen einfallen.

»Tzzz, Depressionen!«, hören wir den Kellner noch murmeln. Dann sind wir auch schon wieder draußen.

»Meinst du, unsere Mission ist erfüllt?«, fragt Rokko stolz, so als wären wir in einem Action-Film unterwegs oder Teil eines Computerspiels.

»Das wird sich morgen früh zeigen.«

Nachdem wir eine Weile schweigend durch die Dunkelheit gegangen sind, beginnt Rokko schon wieder, an seinen Fingernägeln zu knabbern, obwohl da wirklich nichts mehr zu holen ist.

»Aber wie soll das denn gehen, wenn der Funtast wirklich die Zwillis zurückbringt?«, murmelt er. »Der kann die doch nicht einfach vor die Tür stellen und abhauen. Ich meine, dann stehen die ja die ganze Nacht da rum.«

Rokko hat recht. Die Rückgabe ist total schwierig. Aber wenn Mirko Röhling in der Lage ist, Kinder zu klauen, dann wird er es ja wohl auch schaffen, Kinder zurückzubringen.

»Er kann ja Sturm klingeln und dann ganz schnell abhauen«, versuche ich, Rokko zu beruhigen. Und mich selbst gleich mit. Er nickt.

Zu Hause schleichen wir uns zurück auf den Dachboden, und ich bin heilfroh, als wir endlich in unserem kleinen Zelt liegen, und in den gestickten Sternenhimmel gucken. Rokko hat sich wieder zu mir auf die Luftmatratze gequetscht.

»Ich weiß ein Teekesselchen, das jetzt zu uns passt«, sagt er.

»Welches denn?«

Rokko grinst. »Wir stecken unter einer Decke!«

Trotz unserer gar nicht lustigen Lage muss ich grinsen. Wenn ich es mir recht überlege, haben Rokko und ich noch nie so gut zusammengearbeitet wie zurzeit!

Wir lauschen noch ziemlich lange, ob Mirko Röhling klingelt. Zwischendurch laufe ich ein paar Mal zum Dachfenster und schaue runter auf die Straße. Aber es ist weit und breit kein Kinderwagen in Sicht.

Irgendwann müssen wir wohl eingeschlafen sein. Denn als ich die Augen wieder aufschlage, ist es schon hell, und ich höre Sandy in der Küche klappern.

Ich wecke Rokko, mit dem ich immer noch unter derselben Decke stecke.

Eigentlich ist es ziemlich unwahrscheinlich, dass die Zwillinge doch noch abgeliefert worden sind. Aber man weiß ja nie. Barfuß und in unseren Schlafanzügen rennen wir runter in die Küche. Tatsächlich sind die beiden Kinderstühlchen nicht mehr leer! Doch statt Phil und Bill sitzen dort Wladi und Viti. Die beiden haben jeder ein Schälchen Katzenmilch vor sich stehen, das sie genüsslich ausschlecken.

»Krass«, flüstert Rokko mir zu. Es ist wirklich seltsam, anstelle der wuscheligen Kinderköpfe die pelzigen Katzenköpfe zu sehen. Fast ein bisschen unheimlich.

»Gibt es was Neues von den Zwillingen?«, fragt Rokko ganz außer Atem.

Sandy schüttelt nur unmerklich den Kopf. Sieht so aus, als wolle sie im Moment auf das Thema nicht angesprochen werden.

Zur Sicherheit gehe ich unten vor der Haustür noch mal nachschauen, ob unsere Cousins vielleicht einfach nur übersehen worden sind. Sind sie aber nicht. Auf dem

Bürgersteig ist nichts außer einer zerbeulten Coladose und einem fast leeren Schälchen Fritten. Hoffentlich stammen die Sachen nicht von Mirko, der hier heute Nacht mit den Zwillingen auf eine Art Übergabe gewartet hat.

Nach dem Frühstück, bei dem kaum ein Wort gesprochen wird, beginnt Sandy, die Zähne der Katzen mit Fischzahnpasta zu putzen. Das hat sie noch nie gemacht!

Rokko und ich ziehen uns zur Beratung in unser Zelt zurück.

»Jetzt müssen wir aber auch wirklich die Polizei rufen«, flüstert mein Bruder. Er hat recht. Obwohl ich im normalen Leben viel zu feige wäre, bei der Polizei anzurufen, greife ich todesmutig nach meinem Handy. Mit zittrigem Finger tippe ich die Nummer, die auf der Visitenkarte steht. Und ich druckse ganz schön herum, als ich dem Kommissar von Mirko Röhling erzähle. Nach fast jedem Satz hänge ich noch ein »Vielleicht ist das aber auch totaler Quatsch.« an. Der Kommissar nimmt trotzdem alles sehr ernst. Er kann einen so geschickt ausfragen, dass ich sogar von unserer Aktion mit dem Steinzeithandy erzähle. Obwohl Rokko und ich das eigentlich geheim halten wollten.

»Würden Sie bitte niemandem sagen, dass Sie das alles von uns wissen?«, bitte ich den Kommissar am Ende des Gesprächs.

»Nein, natürlich nicht!«, sagt er fachmännisch. »Wir sind doch Profis.«

»Und würden sie uns anrufen, wenn sie was rausbekommen haben?«

Das will der Kommissar allerdings nicht versprechen. Manchmal hätte die Polizei Schweigepflicht, behauptet er. Genauso wie Ärzte oder Anwälte. Die dürften auch nicht einfach so rumerzählen, was mit ihren Klienten und Patienten los ist.

Dass er plötzlich so förmlich wird, finde ich ganz schön unfair. Weil wir ihm schließlich auch alles erzählt haben. Und weil wir einen Menschen verraten haben, den wir eigentlich gar nicht verraten wollten. Außerdem müssen wir doch wissen, ob der Funtast jetzt ahnt, dass wir ihn verpfiffen haben. Und ob er vielleicht schon Rachepläne schmiedet.

Der Kommissar verspricht, sich auf jeden Fall noch mal zu melden. Außerdem findet er, dass Rokko und ich sehr mutig waren. Fast zu mutig. Und jetzt sollen wir alles Weitere lieber ihm überlassen und bei unserer Tante bleiben.

9

»Hat von euch jemand diese Aldi-Eier in den Garten gelegt?« Sandy kommt mit einem hochroten Gesicht in die Küche. In den Händen hält sie vier Eierkartons. Wir schütteln den Kopf und unsere Tante fängt wieder an zu weinen. Das kommt im Moment ziemlich oft vor. Diesmal ist es aber kein trauriges Schniefen, sondern ein eindeutiges Wutweinen.

»Was soll das? Wer macht so was? Soll das ein schlechter Scherz sein? Ausgerechnet jetzt, in meiner Situation!«, schluchzt sie.

Rokko, der immer nachfragt, wenn er etwas nicht versteht, egal wie unpassend es ist, will wissen, was sie genau mit »schlechter Scherz« meint. Das bringt unsere Tante erst recht in Rage.

»Was für ein schlechter Scherz das ist? Das kann ich

euch sagen. Ich gebe ein Vermögen dafür aus, dass meine Eier von glücklichen Hühnern stammen. Von Hühnern, die absolut artgerecht gehalten werden. Und dann legt mir jemand einen Haufen Legebatterie-Eier in den Garten. Wisst ihr, wie so ein Hühnerleben im Käfig abläuft? Das ist … das ist nicht witzig.«

Rokko und ich schauen uns an. Es ist echt nicht ganz leicht, Sandy zu folgen. Aber es ist genauso schwer zu verstehen, warum jemand diese Eier in ihren Garten legt. Hat sie vielleicht Feinde? Will jemand sie ärgern? Verrückt machen? Noch verrückter machen, als sie schon ist? Oder sollte es einfach nur ein Geschenk sein?

Als Sandy sich wieder beruhigt hat, beginnt sie, für die Katzen zu kochen. Die beiden essen inzwischen nicht nur in den Hochstühlen der Zwillinge, die bekommen auch deren Lätzchen umgebunden. Und nach dem Essen werden sie zum Mittagsschlaf in die Baby-Schlafsäcke gestopft, bevor sie in die Gitterbettchen dürfen. Obwohl das ganz bestimmt nicht »artgerecht« ist und auch ein bisschen an Käfighaltung erinnert, lassen die Kater alles brav über sich ergehen.

Sandy stellt noch schnell das Babyfon mit der Videoüberwachung an und verschwindet zum Mittagsschlaf in ihrem Zimmer.

»Warum macht sie das?«, will Rokko wissen, als unsere Tante die Schlafzimmertür hinter sich geschlossen hat.

»Keine Ahnung!«, sage ich. Obwohl ich natürlich schon eine gewisse Ahnung habe.

»Bestimmt tröstet sie sich mit den Katzen, bis die Babys wieder da sind.«, versucht Rokko, sich die Sache selbst zu erklären. Seine Nägel sind inzwischen so kurz, dass er nur noch auf den Fingerkuppen rumbeißt.

»Ja, wahrscheinlich. Aber merkwürdig ist es schon. Vielleicht sollten wir es niemandem erzählen. Vielleicht wird das nur falsch verstanden.«

Rokko nickt mit weit aufgerissenen Augen. »Nee, auf keinen Fall weitererzählen!«, sagt er.

Da Rokko und ich uns nicht mehr raustrauen, seitdem wir den Funtasten bei der Polizei verpfiffen haben, lungern wir ein bisschen im Haus herum. Rokko legt sich zu den Katzen ins Kinderzimmer, während ich mich mit dem Laptop in die Küche setze und einen weiteren *YouTube*-Film über Kenia anschaue. Grade als ein Massai-Mann ein Rind anzapfen will, um dessen Blut zu trinken, klingelt es an der Tür. Ich springe auf und laufe ins Kinderzimmer. Mein Bruder liegt zusammengerollt auf dem Teppichboden und schläft genauso tief wie die Katzen. Leise schließe ich die Tür. Dann schleiche ich mich die Treppe hinunter und schaue durch den Spion. Draußen steht Frau Großgedeck in einer groß gemusterten Bluse und ist grade im Begriff, ein zweites Mal zu schellen.

Eigentlich habe ich nicht die geringste Lust auf ihre bohrenden Fragen und durchdringenden Blicke. Wenn ich allerdings nicht aufmache, wird Frau Großgedeck bestimmt noch misstrauischer und noch aufdringlicher. Vielleicht klingelt sie ja auch Sturm, um Sandys Tantentauglichkeit auf der Stelle überprüfen zu können. Und dann bekommt unsere Tante bestimmt wieder einen Wutanfall. Und die Katzen werden in ihren Schlafsäcken verrückt und der Frau vom Jugendamt bietet sich ein echt schräger Anblick.

Also öffne ich die Tür und lege im selben Moment den Zeigefinger auf die Lippen.

»Unsere Tante schläft«, sage ich. »Aber es geht ihr gut.«

»Darf ich trotzdem reinkommen?«, will Frau Großgedeck wissen.

»Eigentlich soll ich niemanden reinlassen«, behaupte ich.

Frau Großgedeck schaut auf die Uhr. »Wann soll ich denn wiederkommen?«

Ich schlage vor, dass sie erst morgen wieder vorbeischaut. Doch da kommt Sandy plötzlich die Treppe herunter. Sie sieht nicht aus, als hätte sie gut geschlafen. Die Frisur sitzt schief und ihr Mund sieht ganz verkniffen aus.

»Was wollen Sie denn schon wieder«, poltert sie auch gleich los.

Wie der Kommissar ist auch Frau Großgedeck auf eine unangenehme Art professionell.

»Wir waren doch verabredet, Frau Baumgarten, sagt sie

freundlich wie eine Schlange. »Ich wollte doch immer gegen vier nachschauen, wie es ihnen und den Kindern so geht.«

»Gut geht's!«, herrscht Sandy die Frau vom Jugendamt an. »Hervorragend! Wenn man mal davon absieht, dass jemand mir vierzig Aldi-Eier in den Garten gelegt hat.«

Die Unterhaltung verläuft nicht grade vorteilhaft für Sandy, und ich weiß auch nicht, was ich dagegen tun kann.

Frau Großgedeck bietet unserer Tante Beistand durch einen Psychologen an, was Sandy nur noch mehr aufregt.

»Was jetzt, ich brauche einen Seelenklempner, weil andere Leute mich fertigmachen wollen? Warum schicken Sie Ihren Psychologen nicht zu dem Eier-Witzbold? Oder zu dem Kinderklauer?«

Das Gespräch hat sich inzwischen in die Küche verlagert, und ich koche Kaffee, der tatsächlich für etwas bessere Stimmung sorgt.

Als Sandy zur Toilette geht, will Frau Großgedeck von mir wissen, ob unsere Tante den ganzen Tag über so »problematisch« ist. Und ob sie noch für uns kocht und sich um uns kümmert.

Ich nicke und schwöre, dass Sandy nach wie vor die beste Tante der Welt ist. Und dass sie nur durch diese Eieraktion grade ein bisschen die Fassung verloren hat. Dann entschuldige ich mich kurz und behaupte, nach meinem Bruder schauen zu müssen. In Wirklichkeit verschwinde ich ins Kinderzimmer, um die Katzen zu befreien, bevor Sandy auf die Idee kommt, die beiden nach dem Mittagsschlaf in die Küche zu tragen und vor Frau Großgedecks Augen in die Babystühlchen zu verfrachten. Ich scheuche Wladi und Viti die Treppe runter in den Garten. Und dem verschlafenen Rokko erkläre ich, dass er mir mit der Frau vom Jugendamt helfen muss.

Es gelingt uns tatsächlich, Frau Großgedeck zu besänftigen, und wieder einen halbwegs normalen Eindruck zu hinterlassen. Aber sie will auf jeden Fall morgen wiederkommen und steckt mir beim Rausgehen ihre Visitenkarte zu. »Für den Fall, dass euch irgendetwas komisch vorkommt, könnt ihr mich Tag und Nacht anrufen«, flüstert sie mir beim Abschied verschwörerisch zu.

Kaum dass die Tanten-Begutachterin weg ist, stürzt Sandy ins Kinderzimmer. Als sie die Gitterbettchen leer vorfindet, ist der Frieden auch schon wieder dahin.

»Wo sind die Katzen?«, kreischt sie und kommt panisch in die Küche zurückgerannt.

»Sie wollten raus. Da habe ich sie in den Garten gelassen«, behaupte ich schnell.

Man sieht unserer Tante an, dass sie kurz vor einem Nervenzusammenbruch steht. Doch im letzten Moment schließt sie einfach nur die Augen und atmet mehrmals tief ein und aus. Dann sagt sie ganz ruhig, aber mit einer

Stimme, die uns durch Mark und Bein geht: »Ich möchte nicht, dass die Katzen je wieder rauskommen. Und die Hühner auch nicht. Ich habe schon genug im Leben verloren.«

Ohne eine Antwort abzuwarten, geht sie runter in den Garten und raschelt mit einer Schachtel Leckerlies, die es sonst wahrscheinlich nur zu Weihnachten gibt. Jedenfalls kommen die zwei Schwergewichte angaloppiert, als ginge es um ihr Leben. Wie die Hyänen stürzen sie sich im Hausflur auf die gefüllten Knabbertäschchen und ahnen natürlich nicht, dass die Tür in die Freiheit grade für immer hinter ihnen ins Schloss fällt.

Abends sitzen wir zu fünft am Tisch. Sandy hat für Wladi und Viti gekocht. Es gibt Forelle mit ein bisschen Reis.

»Für uns habe ich noch mal Pizza beim *Pinocchio* bestellt«, erklärt sie.

»Du hast was?«, ruft Rokko.

Sandy schaut ihn verwundert an. »Ich dachte, ihr mögt Pizza?!«

»Muss mal eben aufs Klo«, antwortet mein Bruder und ist auch schon im Bad verschwunden. Ich nehme mal an, er kommt erst wieder raus, wenn die Pizza auf dem Tisch steht. Auch ich habe nicht die geringste Lust, dem Funtasten die Tür zu öffnen. Falls er überhaupt noch als Pizzaausträger arbeitet und nicht längst schon im Gefängnis die Suppe austeilt.

»Ich hab vergessen, Papa zurückzurufen«, behaupte ich und renne hoch auf den Speicher. Neben der Lavalampe liegt die Visitenkarte des Kommissars. Diesmal zittern meine Finger schon viel weniger, als ich seine Nummer wähle.

»Berger«, sagt die schneidige Kommissarenstimme.

»Hallo, hier ist Lou. Ich rufe wegen Mirko Röhling an. Sie wissen schon, der, der vielleicht die Zwillinge geklaut hat. Falls er noch nicht im Gefängnis ist, dann bringt er hier gleich eine Pizza vorbei. Und ich wüsste echt gerne, ob er ahnt, dass wir ihn verpetzt haben.«

Nach meiner Rede entsteht eine Pause und ich habe das Gefühl, einen schrecklichen Fehler gemacht zu haben. Irgendetwas stimmt nicht. Vielleicht ist Mirko Röhling ja grade selber beim Kommissar. Vielleicht wird er in diesem Moment verhört. Und er konnte alles mit anhören, was ich gesagt habe. Weil ich nämlich viel zu laut gesprochen habe. Aber dann antwortet der Kommissar doch endlich. Und zwar mit einer viel weniger schneidigen Stimme als am Anfang.

»Lou«, sagt er. »So eine Überraschung. Dich hätte ich morgen auch gleich angerufen. Nein, Mirko konnten wir rein gar nichts nachweisen. Wir haben ihn sogar auf die SMS angesprochen, die ihr ihm geschickt habt. Natürlich, ohne eure Namen zu nennen. Aber er konnte glaubhaft versichern, dass er keine Zwillinge, sondern nur ein paar Eier gestohlen hat. Und die hat er angeblich alle wieder zurückgegeben.«

Jetzt brauche ich einen Moment, bis ich wieder antworten kann. Mirko hat nichts mit den Zwillingen zu tun, dafür aber mit den Aldi-Eiern? Wie seltsam. Vor allem frage ich mich, wie er es geschafft hat, Sandy so viele Eier zu klauen, ohne aufzufallen. Ist er etwa in den Friseursalon eingebrochen? Jeden Tag auf's Neue? Bis er vierzig Eier zusammenhatte? Oder ist er sogar klein genug, um sich durch die Katzenklappe zu zwängen, die den Laden mit dem Garten verbindet?

Leider komme ich nicht mehr dazu, nachzufragen, denn da klingelt es schon an der Haustür. Und ich möchte zu gerne sehen, wie Mirko, der Eierdieb, auf die wild gewordene Sandy trifft. »Ich muss auflegen«, sage ich schnell. Dann laufe ich die Treppe hinunter.

Sandy steht mit ihrem prall gefüllten Portemonnaie im Eingang und zieht einen Schein heraus, während der Funtast stotternd von einem Bein aufs andere tritt. »S-s-s-sie können auch g-g-gerne ein andermal zahlen«, meint er. »Und der S-s-salat geht aufs H-h-haus.«

Aber Sandy scheint nicht zu ahnen, dass er ihr die unglücklichen Aldi-Eier in den Garten gelegt hat. Geschweige denn, dass er die Glückseier vorher gestohlen hat. Denn sie ist ganz und gar mit Geldzählen beschäftigt und gibt am Ende sogar noch drei Euro Trinkgeld, mit dem der Funtast im Schweinsgalopp in der Dunkelheit verschwindet.

Irgendwie bin ich erleichtert, dass unser Funtast-Verdacht sich nicht bestätigt hat. Und dass weder Mirko noch Sandy von den Verwicklungen etwas ahnen. Auch wenn die Zwillinge nun immer noch nicht gefunden worden sind.

Als die Pizza auf dem Tisch ist, sind die Katzen längst fertig mit ihrer Forelle und winden sich in ihren Anschnallgurten.

»Sandy, meinst du nicht, die Katzen fressen lieber auf dem Boden?«, wagt Rokko zu fragen.

»Wer hockt schon gerne auf dem Fußboden zum Essen? Unten im Dreck, wo die Leute über einen stolpern? Katzen sind von Natur aus gerne oben«, erklärt Sandy. »Darum hat der liebe Gott ja auch den Katzenbaum erfunden.«

Unsere Tante befreit die kleinen Badewannen aus ihren Gurten und lässt sie laufen.

»So, zufrieden?«, sagt sie und zwinkert Rokko zu. Ich atme auf. Glück gehabt, denke ich. Sandy hätte genauso gut wieder einen Nervenzusammenbruch oder einen Heulanfall bekommen können. Sie ist unberechenbar zurzeit. Man muss bei allem, was man sagt, auf alles gefasst sein. Echt anstrengend!

Als wir später im Bett liegen, ruft Papa an. Er ist in einem Hotel mit WLAN und wir können sogar skypen. Leider hat Papa jetzt auch noch eine schlimme Erkältung bekommen. Aber das hält ihn nicht davon ab, uns gute Laune entgegenzuröcheln.

»Stellt euch vor, Mamas Jeep ist gefunden worden«, hustet er. »Das Auto hatte einen Motorschaden. Aber sie hat eine Nachricht für uns hinterlassen!«

»Was denn, wieder Herzen, Schlangen und Totenköpfe?«, will Rokko wissen. Statt an seinen Fingerkuppen knabbert er an einem hellgrünen Filzstift, den er im Schrank bei den Fotoalben gefunden hat.

»Nein, einen echten Brief!«, erklärt Papa und hält einen mit Schminkstift und auf englisch bekritzelten Zettel in die Kamera.

»Da steht: *Auto kaputt. Bin von Massai-Männern gefunden worden. Die nehmen mich mit in ihr Lager. Weiß nicht, wo das ist. Sprechen kein Englisch!*«

Papa niest ein paar Mal, bevor er weiterreden kann.

»Kinder, sie lebt! Sie ist in Sicherheit!« Eine Träne kämpft sich durch seinen Dreitagebart. Vielleicht ist es aber auch nur eine Schnupfenträne. Ich bekomme trotzdem einen Kloß im Hals.

»Weit kann sie ja jetzt nicht mehr sein!«, erklärt er. »Wir wissen aber nicht, ob es sich um sesshafte Massai handelt. Vielleicht ziehen sie auch mit ihren Rindern immer weiter. Aber in jedem Fall muss sie weder verhungern noch verdursten, bis wir sie gefunden haben.«

Ich muss kurz daran denken, was die Massai angeblich so alles trinken, um nicht zu verdursten. Rinderblut mit Milch zum Beispiel. Und ich frage mich, ob Mama nach diesem Ausflug erst mal die Nase voll hat vom Ausland und dem Selbstverwirklichen. Aber diese Gedanken behalte ich für mich.

Auch von den verschwundenen Zwillingen erzählen wir Papa nichts. Genauso wie von Sandys zweifelhafter Tantentauglichkeit. Das haben Rokko und ich so abgesprochen. Schließlich soll sich Papa nicht noch mehr Sorgen machen. Darum weine ich auch nicht mit, als ich Papas Träne in seinen Bartstoppeln entdecke. Obwohl mir ganz schön nach Weinen zumute ist. Halb vor Freude, weil es ein Lebenszeichen von Mama gibt, und halb vor Anstrengung, weil zurzeit überall Probleme lauern.

Rokko hingegen scheint nach Papas Anruf neue Energie bekommen zu haben. Er beißt so fest auf seinem Filzer herum, dass seine Mundwinkel schon ganz grün geworden sind.

»Wenn der verschnupfte Papa in diesem riesigen Afrika unsere Mutter wiederfinden kann, dann …« Rokko macht eine kleine Pause und betrachtet die Bissspuren auf seinem Stift.

»Dann was?«

»Dann können wir doch auch zwei schreiende Babys in diesem Ehrenfeld wiederfinden.«

»Und wie bitte sollen wir das hinkriegen, wenn die Polizei das schon nicht schafft?«

Mein Bruder grinst. »Ich weiß, die Idee ist eigentlich

total blöd«, sagt er. »Aber auch toll. Wir werden einfach Mitglieder in Mirkos Bande!«

Ich gucke Rokko fest in die Augen aber er zuckt nicht mal mit der Wimper. Er meint es wirklich ernst.

»Der Funtast kennt jeden hier. Er beliefert alle mit Pizza und er ist …« Rokko macht schon wieder eine kleine bedeutungsvolle Pause und fingert in seiner Hosentasche herum. Dann holt er ein Ei heraus und hält es mir unter die Nase.

»… und er ist schlau!«

Ich verstehe kein Wort.

»Hör auf, hier so eine Show zu machen! Es geht schließlich um das Leben von Phil und Bill«, sage ich.

Aber Rokko lässt sich nicht aus dem Konzept bringen.

»Dieses Ei hier habe ich hinter der Hecke von Sandys Garten gefunden. In die Hecke hatte jemand ein kleines Loch geschnitten. Und hinter diesem Loch war ein Nest. Mit diesem Gipsei drin«, erklärt er mit aufgerissenen Augen. Dabei klopft er mit dem Ei ein paarmal gegen seinen Schädel.

»Ja und?«

»Verstehst du denn nicht?«, Rokkos grüner Mundwinkel zuckt vor Aufregung. »So hat der Funtast die Eier gestohlen. Er hat den Hühnern ein Nest da draußen gebaut und dieses Gipsei reingelegt. Denn Hühner legen gerne ihre Eier da hin, wo schon ein Ei ist. Dann konnte er gemütlich von der anderen Seite der Hecke die Eier klauen. Und Sandy dachte immer, mit ihren Hühnern stimmt etwas nicht.«

Rokko sieht mich erwartungsvoll an und wartet bestimmt auf einen Applaus.

»Du meinst, weil er ein Eierdieb ist, sollen wir in seine Gang eintreten?«, frage ich und verziehe das Gesicht.

»Oh Mann, du kapierst aber auch gar nix! Wir sollten da eintreten, weil Mirko Rohling schlau ist. Und weil er gar kein Schwerverbrecher ist, sondern *nur* ein Eierdieb. Aber eben ein krass schlauer Eierdieb.«

Ich finde nicht, dass die Sache mit dem Gipsei für eine Hochbegabung spricht. Bestimmt ist es ein ganz einfacher Trick, den man im Internet auf jeder Hühnerseite findet. Aber vielleicht hat Rokko trotzdem recht. Schließlich können wir nicht einfach so rumsitzen und gar nichts tun.

»Na gut, auf deine Verantwortung«, sage ich. Dann mache ich die Lavalampe aus und lasse endlich ein paar Tränen in mein Kopfkissen laufen.

10

»Willst du uns immer noch aufnehmen? Und würdest du uns helfen, Sandys gestohlene Babys wiederzufinden? Lou und Rokko«, tippe ich in mein Handy.

Zwei Sekunden später kommt auch schon die Antwort. Der Funtast will uns sehen. In einer Stunde am Neptunplatz. Dann will er alles Weitere klären.

»Vielleicht müssen wir ja eine Aufnahmeprüfung bestehen«, überlegt Rokko. »Eine Mutprobe oder so was.«

Wir sitzen in der Küche und knabbern an den Resten vom Frühstück. Sandy ist mit Viti und Wladi zum Tierarzt gefahren. Sie hat die beiden in die Auto-Kindersitze der Zwillinge geschnallt. Angeblich sind die Katzen inzwischen zu dick für die Katzenkörbchen, in denen sie früher transportiert wurden. Und in den Kofferraum hat Sandy den Zwillings-Buggy getan – für den Weg vom Auto in die Praxis.

Es ist ein ziemliches Wunder, dass die kleinen Fellbadewannen all diese »nicht artgerechten Behandlungen« über sich ergehen lassen. Man kann nur hoffen, dass der Tierarzt unsere Tante nicht für kränker hält als ihre Katzen. Und dass er nicht jemanden wie Frau Großgedeck alarmiert. Es wird Zeit, dass die Zwillinge gefunden werden und ihre Hochstühle und Autositze wieder einnehmen.

Um elf betreten Rokko und ich den Neptunplatz. Der Funtast und seine Bande stehen bereits auf den Stufen vor dem Schwimmbad. Als sie uns sehen, verschränken alle drei die Arme und nicken uns kaum erkennbar zu.

»Hey, ihr Flitzepiepen, habt ihr's euch jetzt anders überlegt, oder was?«, begrüßt uns der Funtast.

Mir fällt ein, dass Rokko und ich gar keinen Plan haben, was wir den dreien erzählen, und wie wir uns gegen ihre blöden Sprüche wehren sollen.

»Wir brauchen eure Hilfe!«, erklärt mein Bruder und verschränkt ebenfalls die Arme vor der Brust. »Die Babys von unserer Tante sind weg. Und kein Mensch findet sie.«

Der Funtast grinst, die anderen gucken gelangweilt.

»Ihr braucht also unsere Hilfe. Jetzt auf einmal. Und was habt ihr so anzubieten? Ich meine, was haben wir davon, euch zu helfen?«

Ich bin mir sicher, dass Mirko Röhling nur blufft. Und dass er in Wirklichkeit froh ist, uns zu sehen. Sonst wäre er uns doch nicht so oft nachgelaufen. Doch Rokko scheint sich da nicht so sicher zu sein. Jedenfalls druckst er ein bisschen rum und meint dann allen Ernstes: »Na ja, wir sagen niemandem, das du die Eier gestohlen hast. Unserer Tante schon mal gar nicht.«

Dreirad und Locko-Mo beginnen zu kichern, aber der Funtast findet das gar nicht witzig.

»Geht's noch?«, zischt er. »Erst soll ich euch helfen und dann wollt ihr mich erpressen? Mit ein paar Eiern? Ey, das ist echt nicht mein mein Style!«

Mein Bruder schluckt und ich würde ihm gerne zur Hilfe kommen. Aber mir fällt nichts ein.

»Was denn für Eier?«, will Locko-Mo wissen. »Du hast doch nicht etwa dieser Hühner-Tante aus der Körnerstraße ihre Eier gestohlen?« Dreirad krümmt sich inzwischen vor Lachen.

»Könnt ihr mal aufhören, ihr Spacken!«, herrscht der Funtast seine Bande an. Er steht extra ein paar Stufen höher als die anderen. Aber er scheint niemanden unter Kontrolle zu haben.

»Was müssen wir denn machen, damit ihr uns helft?«, frage ich schnell. Ich glaube, Mirko ist ganz dankbar für einen Themenwechsel. Jedenfalls nimmt er breitbeinig und mit zwei Fingern am Kopf eine Art Chef-Denker-Pose ein und lässt sich mit der Antwort Zeit, bis das Gelächter verstummt ist. Dann erklärt er mit hochgezogenen Augenbrauen und tiefergelegter Stimme: »Es wird schon noch der Tag kommen, an dem ich euch brauche.«

Ich würde ehrlich gesagt lieber jetzt schon wissen, wann er was genau von uns verlangt. Aber vielleicht haben wir ja auch Glück, und Mama ist schneller wieder zu Hause, als der Funtast sich etwas Fieses für uns ausgedacht hat.

»Was ist denn nun mit diesen Babys?«, will Locko-Mo wissen.

Mirko erklärt, dass die Polizei noch vollkommen im Dunklen tappt.

»Die haben sogar mich verdächtigt«, meint er. »Nur weil irgend so ein Idiot mich wegen der Eier verpfiffen hat.«

»Was jetzt, du sollst Babys klauen, nur weil du Eier geklaut hast?«, fragt Dreirad und droht wieder einen Lachanfall zu bekommen. Aber der Funtast kann das mit einem ziemlich bösen Blick grade noch verhindern.

»Genau genommen habe ich die Eier gar nicht gestohlen. Weil die Hühner sie erstens außerhalb des Grundstücks gelegt haben und ich sie zweitens alle wieder zurückgebracht habe.«

»Ey Alter, wann hast du die Dinger denn zurückgebracht?«, will Dreirad wissen. »Wochen später vielleicht? Dann können sie dich auch wegen Körperverletzung oder Salmonellen-Mord drankriegen!«

Der entnervte Funtast macht ein paar Kung-Fu-Bewegungen in Dreirads Richtung und Locko-Mo wird langsam ungeduldig. Er trägt sein Ringelschwänzchen heute offen und tastet ein paar Mal die Lockenhecke auf seinem Kopf ab. Dann meint er, wir müssten ein bisschen »strukturierter« vorgehen. So wie im Krimi. Da würde man immer erst mal nach den Motiven gucken.

Der Funtast lässt den Diamanten auf seinem Schneidezahn aufblitzen und hebt den Zeigefinger, als hätte er eine Eingebung. »Cool, Locko-Mo sucht Mo-tive! Locko-Motive sozusagen!«

Dann blickt er selbstverliebt in die Runde und wartet auf Beifall. Aber nicht mal Rokko, der ein gutes Teekesselchen immer zu schätzen weiß, reagiert. Wir sind einfach an einer zu spannenden Stelle. Locko-Mo schüttelt entnervt den Kopf. »Die Frage ist doch, wer einen Grund hätte, diese Zwerge mitgehen zu lassen«, erklärt er. »Ich meine, hat eure Tante Feinde? Oder gibt es jemanden, der ihr die Babys nicht gönnt? Der sie selber gern hätte?«

Ich schüttele den Kopf. Wir gehen alle möglichen Leute durch, die auch nur im Entferntesten als Kidnapper infrage kommen. Aber wo wir auch hindenken, nichts macht Sinn. Ob Erpresser oder Dieb, niemand würde es doch gerne mit zwei Babys auf einmal aufnehmen wollen.

Selbst ein verrückter Professor aus der Zwillingsforschung kann nicht verrückt genug sein, um sich so ein anstrengendes Pärchen wie Phil und Bill ans Bein zu heften.

»Für die Forschung sind außerdem nur eineiige Zwillinge interessant«, erklärt Locko-Mo. »Und eure Zwerge da kommen doch aus zwei Eiern, oder?«

Rokko, der sich ja eigentlich mit Eiern auskennt, aber eben nur mit Hühnereiern, holt das Foto der Zwillinge aus seiner Hosentasche und hält es Locko-Mo unter die Nase.

»Das sind sie!«, sagt er.

Locko-Mo starrt auf das Bild und macht ein Grübelgesicht, als wären darauf nicht zwei niedliche Kinder, sondern eine komplizierte Rechenaufgabe abgebildet.

»Eindeutig eineiig«, stellt er schließlich fest. »Die gleichen sich wie ein Ei dem anderen.« Zufrieden holt er sein Smartphone aus der Hosentasche und fotografiert das Foto ab. Dann stellt er das Bild bei Facebook rein und tippt noch einen kleinen Text dazu.

»Ey Alter, Facebook ist was für Muttis!«, funkt der Funtast dazwischen, der wahrscheinlich immer noch ein bisschen beleidigt ist, wegen der fehlenden Anerkennung für den Lokomotiven-Witz.

»Du hast doch keine Ahnung, du Honk!«, erklärt Locko-Mo. Ich hab zweitausenddreihundertzwanzig Freunde überall auf der Welt.«

»Yo, Alter!«, giftet der Funtast. »Ich sag dir was. Du hast grade mal zwei Freunde. Und wenn du weiter so einen Müll laberst, dann hast du bald nur noch einen!«

Locko-Mo hat offensichtlich keine Lust auf das Gezicke vom Funtasten. Er steigt zu ihm hoch auf die oberste Stufe der Neptuntreppe und wuschelt ihm einmal durch die Haare. »Entspann dich!«, sagt er in einem ziemlich lässigen Ton. Spätestens jetzt ist nicht mehr zu übersehen, wer der eigentliche König von Ehrenfeld ist. Oder zumindest der Boss von dieser merkwürdigen Gang.

Als Locko-Mo fertig mit dem Wuscheln ist, setzt er zum zweiten Mal sein Grübelgesicht auf.

»Meine Facebook-Feunde sind nicht unbedingt Mutter Theresa, wenn ihr wisst, was ich meine!«, brummt er.

Rokko schüttelt den Kopf.

»Ich will nur sagen, die meisten von ihnen haben keine Kohle. Aber im Gegensatz zu Mutter Theresa kommen sie nicht gut damit klar. Und wenn sie für irgendjemanden irgendetwas tun sollen, dann …«

»Dann was?«, fragt mein Bruder mit weit aufgerissenen Augen.

»Oh Mann, muss man euch denn alles erklären? Dann wollen sie was dafür haben. Unter fünftausend Kröten kriegen die den Hintern nicht hoch.«

»Ja, schreib fünftausend!«, erklärt Dreirad. »Das sind zweitausendfünfhundert pro Zwerg. So viel muss schon drin sein.«

Ich überlege kurz, wie wir Sandy von diesem horrenden Finderlohn überzeugen sollen. Bestimmt gäbe es auch Menschen, die die Babys gerne umsonst finden würden. Denen es reicht, eine gute Tat zu vollbringen oder in der

Zeitung als Retter erwähnt zu werden. Aber es ist ja auch gar nicht gesagt, dass einer von Locko-Mos Facebook-Freunden Phil und Bill findet. Vielleicht finden Rokko und ich sie ja selber. Oder die Polizei entdeckt sie. Dann hätte Sandy jedenfalls ganz schön viel Geld gespart.

»Eine Frage hab ich noch«, meldet sich Dreirad plötzlich zu Wort. »Was ist, wenn diese Babys da gar nicht gestohlen worden sind, sondern, sage wir, weggegeben wurden. Vielleicht hat eure Tante die Kinder verkauft, verschenkt, irgendwo vergessen … was weiß ich. Vielleicht ist sie ja crazy. Ich meine, so richtig durchgeknallt.«

Rokko und ich sehen uns an. Dreirads Worte fühlten sich an wie ein Schlag in den Magen. Peng. Mitten rein. Doch mein Bruder lässt sich nichts anmerken. Er schüttelt einfach nur den Kopf. »Nein, das kann nicht sein«, sagt er mit fester Stimme und niemand widerspricht ihm.

»Tja, wenn die Babys nur verloren gegangen wären, dann wäre es einfacher, sie zu finden«, erklärt der Funtast. »Dann müssten sie schließlich noch irgendwo in der Nähe sein. Aber wenn sie wirklich jemand gestohlen hat, dann haben wir ein Problem. Denn derjenige wird wohl kaum hier in Ehrenfeld mit den Schreihälsen rumgurken. Viel zu auffällig! Der wird sie weit, weit weg verschleppt haben.«

11

Ich habe kein richtig gutes Gefühl, als wir mittags wieder zu Hause ankommen. Alles, was wir erreicht haben, ist ein blöder Facebook-Eintrag, der uns im Ernstfall fünftausend Euro Finderlohn kostet.

Sandy ist nicht da. Sie hat eine Nachricht hinterlassen, dass wir uns eine Dose Ravioli aufmachen sollen. Und dass sie selbst auch noch mal zum Arzt musste.

Dafür sind Wladi und Viti allerdings wieder zurück. Wladi liegt auf der Babydecke im Wohnzimmer und schläft, während Viti sich mit leicht angelegten Ohren unter der Heizung herumdrückt. Beide tragen plötzlich Halsbänder und haben seltsam kurzes Fell.

Rokko öffnet die Dose mit den Nudeln und brummt ein paar Flüche vor sich hin, als das Telefon klingelt. Wir rennen beide ins Wohnzimmer doch auf dem Hörer klebt ein gelbes Post-it mit der Aufschrift: »Nicht drangehen! Gespräche werden aufgezeichnet!«

Dann springt auch schon der Anrufbeantworter an und eine aufgeregte Frauenstimme nennt unsere Tante »Schätzchen« und »Kätzchen« und macht sich »schreckliche Sorgen«.

»Wenn du mich schon nicht sehen willst, dann geh doch wenigstens mal zu einem Psychologen! Du musst dich austauschen. Drüber reden. Am besten mit einem Profi. Oder eben mit Gleichgesinnten. Vielleicht in einer Trauergruppe oder in einem Krisen-Forum im Internet.«

Bei dem Wort Krisenforum schauen Rokko und ich uns an.

»Ob es für alles Mögliche im Internet ein Forum gibt?«, fragt Rokko.

»Kann sein.«

»Auch wenn man neue Zwillinge hat und nicht mit ihnen klarkommt?«

»Bestimmt.«

Wir laufen mit den Ravioli hoch in unser kleines Zirkuszelt und ich klappe den Laptop auf. Dann gebe ich bei Google »Zwillingsforum« ein.

»Krass!«, ruft Rokko. »Das gibt's wirklich.«

Wir loggen uns ein und schauen uns nach Mitgliedern um, die in den letzten Tagen beigetreten sind. Es sind insgesamt drei. Aber natürlich haben sie sich nicht mit ihren echten Namen und Adressen angemeldet, sondern sie heißen *Schmunzelhuhn, Mone* und *Nobody*.

Schmunzelhuhn will wissen, warum ihr einer Zwilling schon vier Zähne hat und der andere noch keinen einzigen. *Mone* fragt, ob man für jedes Baby einen eigenen Nasenschleimabsauger braucht. Und *Nobody* hat Probleme beim Wickeln. Der Po von seinem einen Zwilling ist immer »rot wie ein Pavianarsch«, klagt er. Genau genommen ist das kein echtes Zwillingsproblem, finde ich. Denn wunde Pos gibt es bestimmt auch bei Einlingen. Trotzdem bekommt *Nobody* viele Tipps. Die meisten Zwillingseltern raten, zum Fön zu greifen. Lauwarmer Wind wäre das Beste. Man müsse nur aufpassen, dass das Baby beim Wickeln nicht den Fön anpinkelt, denn sonst brennt nicht nur der Hintern …

»Wieso denn das?«, will Rokko wissen.

»Weil der Fön unter Strom steht, du Hirni! Und weil Wasser Strom leitet. Das ist wie an den elektrischen Kuhzaun pinkeln. Nur eben tausendmal stärker.«

Rokko nickt. Die Vorstellung, dass Babypflege lebensgefährlich sein kann, scheint ihn irgendwie zu beeindrucken.

Die Frage ist natürlich, ob *Mr Nobody* der Kidnapper von Phil und Bill sein könnte. Denn *Schmunzelhuhn* kann es nicht sein. Phil und Bill haben gleich viele Zähne. Und auch *Mone* scheidet mit ihrer komischen Frage nach den zwei Schleimabsaugern aus. Welcher Kinderentführer denkt schon ans Nasenschleimabsaugen?!

Bleibt also nur *Nobody*. Der ist zwar auf den ersten Blick

auch kein Volltreffer, denn eigentlich hatte keiner von den Zwillingen einen roten Po. Aber wenn man »roter Po bei Babys« googelt, dann erfährt man, dass der in kürzester Zeit »aufblühen« kann. Einmal die Windel nicht rechtzeitig gewechselt und der Hintern sieht aus »wie von einer Feuerqualle geküsst« heißt es im Windel-Forum. Und wer achtet bei so einem Kidnapping schon aufs rechtzeitige Windelwechseln?

Kaum haben wir aufgeregt unsere Ravioli gegessen, meldet *Mr Nobody* sich schon wieder zu Wort. Diesmal will er wissen, wie warm eigentlich die Babymilch sein soll. Er scheint der totale Anfänger-Vater zu sein, was ihn für uns extrem verdächtig macht.

»Wir können doch so tun, als wären wir auch Zwillingseltern«, meint Rokko. »Und dann können wir diesen *Nobody* ein bisschen ausfragen.«

»Kommt drauf an! Haben sie denn Jungs oder Mädchen? Und in welchem Alter?«, tippe ich als Antwort in den Computer.

»Jungs! Ungefähr ein Jahr alt. Spielt das echt eine Rolle«?, antwortet *Mr Nobody*.

»Das ist er«, rufe ich. »Er weiß noch nicht mal, wie alt seine Babys genau sind! Nur Kidnapper kennen das Alter ihrer Babys nicht. Echte Eltern zählen jeden Monat! Schon, um zu wissen welchen Brei die Kleinen essen dürfen und wie viele Zähne sie schon haben sollten.«

»Unsere Jungs sind auch so alt. Und sie mögen immer um zwölf Uhr mittags lauwarme Milch. Gemüsepampe finden sie eher eklig«, schreibe ich zurück.

Rokko meint, wir müssten ganz dringend wieder den Kommissar anrufen, damit der rauskriegt, wer dieser Nobody ist.

Also wähle ich zum dritten Mal die Nummer von Herrn Berger. Diesmal ist die Überwindung allerdings viel größer. Immerhin war unser letzter Hinweis der totale Reinfall. Herr Berger hält uns bestimmt für blöde Hobbyspione, wenn wir ihn schon wieder auf eine falsche Fährte locken. Andererseits gehen die Kommissare im Fernsehen auch immer allen möglichen Spuren nach, bevor sie den richtigen Riecher haben.

»Berger«, meldet sich der schnittige Herr Berger.

»Hallo, hier ist noch mal Lou, die von den …«

»Ach Lou, schön von dir zu hören!«, unterbricht er mein Rumgedruckse. »Wie geht's denn?«

Herr Berger scheint gar nicht mehr genervt wegen des falschen Funtast-Verdachts zu sein. Ich erzähle ihm, was Rokko und ich im Zwillingsforum herausgefunden haben. Und je mehr Einzelheiten ich aufzähle, desto glaubwürdiger finde ich unsere Geschichte.

»Alle Achtung!«, sagt Herr Berger, als ich fertig bin. Er ist bereits ins Internet gegangen, hat sich eingeloggt und unsere Unterhaltung mit *Mr Nobody* gefunden.

»Ihr seid ja richtige Detektive«, meint er. Das soll wahrscheinlich nett klingen. Tut es aber nicht. Er klingt, wie Erwachsene so klingen, wenn sie Kinder beim Spielen loben. Jedenfalls fühle ich mich gar nicht mehr gut, als ich wieder auflege.

»Keine Ahnung, ob der Mann uns ernst nimmt!«, sage ich.

Rokko versucht, mir Mut zu machen. Ich hätte alles total gut erklärt, meint er. »Herr Berger muss den Typ einfach schnappen, wenn er kein Mega-Volltrottel-Superidiot ist!«

Dann meint Rokko noch, wir sollten doch *Mr Nobody* im Internet mal fragen, wo er wohnt. »Wir können ja so tun, als wollten wir uns auf dem Spielplatz mit ihm verabreden. Mit all unseren Zwillingen. Jedenfalls wenn er in derselben Stadt wohnt.«

Also knöpfen wir uns den Laptop noch mal vor. Inzwischen haben sich haufenweise Zwillingseltern über unseren letzten Kommentar empört.

»So ein Blödsinn, dass die Wärme der Milch vom Alter und Geschlecht der Kinder abhängt«, schreibt ein gewisser *Sunnyboy*. Und eine gewisse *Sternschnuppe* meint, Leute die so einen Mumpitz verbreiten, sollten aus dem Forum ausgeschlossen werden. Ziemlich unwahrscheinlich also, das *Mr Nobody* sich noch mit so Schwachmaten wie uns treffen will. Wir versuchen es trotzdem.

»Lieber Nobody! Wenn wir in derselben Stadt wohnen,

könnten sich unsere vier Jungs ja mal kennenlernen. Das wäre doch lustig. Vielleicht auf einem Spielplatz!«

Wie zu erwarten, meldet sich *Nobody* nicht mehr.

»Na ja, vielleicht haben Kidnapper nicht unbedingt Lust, sich mit anderen Eltern auf Spielplätzen zu treffen«, gebe ich zu bedenken.

Rokko nickt. »Vielleicht wittert der Typ ja, dass wir ihn ausfragen wollen. Und er hat sich schnell abgemeldet. Hoffentlich findet Herr Berger ihn trotzdem noch.«

Wir beobachten das Forum noch eine Weile. Wladi und Viti liegen inzwischen auf Rokkos Luftmatratze und schnurren leise vor sich hin. Sie räkeln sich. Und mit ihren perlenbestickten Halsbändern sehen sie aus wie zwei dicke neckische Damen in Pelzmänteln.

Es ist inzwischen halb vier und Sandy ist immer noch nicht zurück. Ich rufe sie an und frage, ob sie rechtzeitig zum Besuch von Frau Großgedeck wieder da sein wird. Doch Sandy hat ganz andere Sorgen als die Frau vom Jugendamt.

»Stell dir vor, Viti hat mir die Hand zerkratzt, als ich ihm eine Windel anziehen wollte«, flüstert sie. »Ich bin hier im Wartezimmer von Frau Doktor Hegemann und bekomme gleich noch eine Tetanusspritze. Das war ein ganz schön tiefer Kratzer!«

»Warum wolltest du ihm denn eine Windel anziehen?«, frage ich.

»Warum wohl?! Damit er mir nicht vor Aufregung in

den Kindersitz pinkelt. Die Katzen können das Autofahren doch überhaupt nicht leiden.«

»Ach so«, antworte ich und bin entsetzt. Wenn die Zwillinge nicht bald wieder da sind, zweifele ich tatsächlich bald an Sandys Tantentauglichkeit. Und an ihrer Lebenstauglichkeit noch dazu.

Rokko findet, dass es auf Frau Großgedeck bestimmt keinen guten Eindruck macht, wenn wir hier ganz allein rumhängen. Besser wäre es, ein Erwachsener wäre da und würde wenigstens den Anschein machen, als passe er auf uns auf.

»Meinst du, Dreirad oder Locko-Mo gelten schon als erwachsen?«, will Rokko wissen.

»Keine Ahnung, als was die gelten. Auf jeden Fall sind sie nicht besonders vertrauenswürdig.«

»Und wenn sie sich etwas anderes anziehen?«

Zwanzig Minuten später steht Locko-Mo in einem karierten und komplett zugeknöpften Holzfällerhemd in Sandys Badezimmer. Er glättet sich die Lockenhecke mit Sandys Glätteisen, bis er eine brave Mittelscheitelfrisur hat. Dafür will er zwanzig Euro von uns haben. Rokkos und mein komplettes Taschengeld!

Nachdem Locko-Mo noch die Fingernägel geschnitten und gesäubert hat, setzen wir uns an den Küchentisch und warten darauf, dass Frau Großgedeck klingelt. Jedenfalls Rokko und ich. Unser neuer »Cousin« scheint mehr darauf zu warten, dass einer seiner Facebook-Freunde die Zwillinge aufspürt. Denn er knibbelt unentwegt an seinem Smartphone herum. Wahrscheinlich nimmt er von den fünftausend Euro Finderlohn die Hälfte an Vermittlungsgebühr. Angeblich haben schon drei seiner Freunde Zwillingspaare mit zwielichtigen Besitzern gesichtet, die aber bei näherer Betrachtung leider ganz anders aussahen als Phil und Bill.

Um viertel nach vier schellt es endlich. Locko-Mo geht zur Tür und stellt sich wie verabredet mit seinem *Künstlernamen* vor. »Ich bin Marvin, der Cousin von Rokko und Lou«, sagt er. Leider hängt er dann noch ein albernes »Was geht?« an. Als Frau Großgedeck nicht sofort antwortet, fällt ihm wohl wieder ein, dass er versprochen hatte, so wie in der Tagesschau zu reden. Das beherrscht er aber leider nicht so gut. Jedenfalls hängt er noch ein »Äh, wen darf ich melden?« an.

»Ich wollte mit Frau Baumgarten sprechen«, hören wir die profi-freundliche Stimme von Frau Großgedeck sagen. »Wir waren verabredet.

»Ja ja, schon gut. Aber Sandy ist nicht da. Sandy ist … sagen wir … sie ist aufgehalten worden. Verstehen Sie? Nicht anwesend. Ich meine, sie ist nicht im Haus. Aber dafür bin ich ja jetzt hier.«

Rokko und ich laufen schnell zur Tür, bevor unser Cousin noch mehr komische Sätze von sich gibt. Frau Großgedeck sieht richtig erleichtert aus, als sie uns lebend die Treppe runterkommen sieht.

»Kinder, hier gibt's ja jeden Tag eine neue Überraschung!«, sagt sie.

»Marvin übt grade ein bisschen Coolsein«, erklärt Rokko und schüttelt Frau Großgedeck die Hand, so als wären wir Freunde und hätten uns auf ihren Besuch gefreut. Ich nicke. »Genau, er soll in einem Verbrecherfilm mitspielen. Aber der Regisseur meinte, er käme noch zu nett rüber.«

Locko-Mo zieht ein ganz schönes Gesicht, als wir das sagen. Aber er nickt brav und wiederholt unsere letzten Worte. »Ja, ja, viel zu nett. Übe mal ein bisschen Coolsein.«

Komischerweise scheint Frau Großgedeck uns die Geschichte abzukaufen. Sie lacht jedenfalls ganz erleichtert, schüttelt Locko-Mo lange die Hand und sagt, dass sie morgen wiederkommen wird.

»Ist nicht nötig«, sage ich.

Aber Frau Großgedeck lässt sich in ihr Überwachungskonzept mal wieder nicht reinreden.

»Ich würde auch gerne mal mit eurem Vater telefonieren«, erklärt sie. »Vielleicht können wird das ja morgen in Ruhe zusammen machen.«

Dann steigt sie in ihren Schwimmbad-blauen Fiat 500 ein und fährt zu ihrem nächsten Fall.

Kaum, dass wir die Tür wieder zugemacht haben, zurrt Locko-Mo seine Haare zurück zur Ringelschwänzchen-

Frisur und äfft verächtlich unsere Worte »Verbrecherfilm«, »Coolsein« und »viel zu nett« nach. Dann reißt er sich das Holzfällerhemd vom Leib und streckt die Hand aus. Ich gebe ihm die verabredeten zwanzig Euro, obwohl ich nicht finde, dass er sein Geld wert war. Aber das möchte ich lieber nicht mit ihm ausdiskutieren.

»Man sieht sich! Spätestens wenn ich die Zwerge hab«, sind Locko-Mos letzte Worte. Zwei Sekunden später ist unser neuer Cousin wieder über alle Berge.

12

»Würdest du eigentlich einen Finderlohn zahlen, wenn jemand Phil und Bill findet?«, fragt Rokko.

Sandy durchstöbert mit ihrer verbundenen Hand grade das Internet nach Möglichkeiten, wie man sein Schicksal beeinflussen kann.

»Wenn es sein müsste, würde ich mindestens so viel zahlen, wie so eine Handlinienoperation in Japan kostet«, murmelt sie.

»Auch fünftausend Euro?«, will Rokko wissen.

»Mit Flug und Hotel komme ich locker auf fünftausend!«, erklärt Sandy und schaut durch ihre Lesebrille angestrengt auf den Bildschirm. Sie überlegt tatsächlich, sich die Linien in ihrer Hand von einem Schicksals-Chirurgen so umleiten zu lassen, dass sie ab jetzt nur noch Glück hat im Leben.

»Geht das denn?«, will Rokko wissen. Er hat den Mund leicht offen stehen und sieht verwirrt aus. Ich muss an Dreirads Worte denken:

»Vielleicht ist eure Tante ja crazy. Ich meine, so richtig durchgeknallt.« Und ich sehe sein bulliges Gesicht dazu, mit Kappe obendrauf und Kapuze drumherum …

Sandy wackelt mit dem Kopf und atmet so tief ein, dass ihr Brustkorb beinahe das Kleid mit den Hühnereiern drauf zum Platzen bringt.

»Die Japaner schwören drauf. Also, natürlich nur die Schicksalsgläubigen und die Handlesefreudigen.«

Rokko starrt aus dem Fenster auf den Hof, wo inzwischen weder Katzen noch Hühner noch Babys spielen und hat eine tiefe Falte zwischen seinen Augenbrauen. Dann dreht er sich plötzlich zu Sandy um und geht ein paar Schritte auf sie zu. »Angenommen, es gibt ein Schicksal«, sagt er. »Und angenommen, es gibt auch Gott. Ist das Schicksal dann nicht von Gott gemacht. Hat er das nicht höchst persönlich in die Handlinien reingeritzt? Und ist es dann nicht verboten, daran rumzuritzen? Ich meine, wenn Gott so mächtig ist, dass er jedem ein eigenes Schicksal in die Hand malt, dann … dann …«

»Dann was?«, schmunzelt Sandy.

»Dann will ich gar nicht wissen, was er tut, wenn er sauer wird. Zum Beispiel, weil die Leute einfach in seinen Bildern rumkritzeln.«

Sandy lacht. Ich glaube, das ist ihr erstes Lachen seit dem Verschwinden von Phil und Bill!

»Klingt logisch«, sagt sie. »Aber vielleicht ist Gott ja gar nicht so kleinlich. Überleg doch mal: Zurzeit gibt es auf der Welt ungefähr …«

Sandy macht eine Pause und tippt etwas in ihren Computer ein.

»Da, seht ihr?«

Rokko und ich starren auf den Bildschirm, auf dem eine unendlich lange Zahl zu sehen ist, die sich jede Sekunde vermehrt. *Live-Weltbevölkerungszähler* steht über der Zahl.

»Also, es gibt geschätzt über sieben Millarden Menschen auf dieser Welt«, erklärt Sandy. »Das sind vierzehn Milliarden Hände. Ob Gott da wirklich an jedem einzelnen Strich in jeder einzelnen Hand interessiert ist? Die Leute, die ihm ein bisschen ins Handwerk gepfuscht haben, sind nicht vom Blitz getroffen worden. Im Gegenteil. Die meisten von ihnen behaupten, ihre Wünsche hätten sich erfüllt. Jedenfalls teilweise.«

Irgendwie kann ich mir nicht vorstellen, dass sich das Schicksal operieren lässt. Abgesehen davon gibt es doch bestimmt keine Linie in der Hand, die für das Verschwinden und Wiederfinden von Kindern zuständig ist. Aber ich will Sandys gute Laune nicht gleich wieder kaputt machen. Darum sage ich lieber nichts.

Auch Rokko hat wohl genug von dem Thema. Jedenfalls will er lieber noch mal auf den Finderlohn zurückkommen. »Stell dir vor, Mirko Rohling würde die Kinder finden. Und er würde dann fünftausend Euro dafür haben wollen. Würdest du die bezahlen?«

Sandy blickt vom Computer auf und nimmt Rokko über den Brillenrand ins Visier. »Wenn Mirko Röhling fünftausend Euro will, dann nennt man das nicht Finderlohn, sondern Lösegeld. Er hat euch doch nicht etwa gesagt …?«

»Nein, nein! Das war doch nur mal so dahingedacht. Immerhin suchen jetzt alle hier im Viertel nach den Zwillingen. Und Mirko will bestimmt Finderlohn haben, wenn er sie zufällig findet. So arm, wie der ist …«

»Der und arm?«, protestiert Sandy. »Bei all den krummen Dingern, die er den ganzen Tag lang dreht, ist der bestimmt nicht arm! Der wollte doch sogar den Laden unten mieten, als der Friseur raus war.«

Sandy behauptet, der Funtast wollte in ihrem Haus eine Rapper-Zentrale aufmachen. Was auch immer das nun sein soll.

»Er hat mir sogar mal was vorgerappt«, meint sie. »Aber seine Texte waren so unterirdisch, dass ich ihn auf gar keinen Fall im Haus haben wollte.«

Was an den Texten schlimm war und welche krummen Dinger Mirko den ganzen Tag lang dreht, will Sandy mal wieder für sich behalten.

»Frag mich was Leichteres«, sagt sie. »Von seinen Geschäften will ich gar nichts wissen. Und seine Rappertexte waren so, wie diese Rappertexte nun mal sind. Und dann immer dieses alberne Gefuchtel mit den Händen …«

»Und hast du ihm gesagt, dass du seine Musik blöd findest?«, will Rokko wissen. Sandy kratzt sich am Kopf. »Wahrscheinlich nicht. Ich glaube, ich hab ihm gesagt, dass ich ein eigenes Geschäft in meinem eigenen Haus aufziehen will. Ach, der arme Mirko hat echt gebettelt wie ein Hund. Am Ende musste ich ihn richtig verjagen.«

Ich schaue zu Rokko und ahne, was er denkt. Dasselbe, was ich auch denke: Der Funtast ist kein einfacher Eierdieb. Er hat die Eier aus Rache gestohlen. Um Sandy zu beweisen, dass ein paar Hühner viel weniger bringen als ein paar Rapper. Sie sollte bereuen, dass sie ihm den Laden nicht gegeben hat. Vielleicht sollte sie sich sogar umentscheiden. Und erst als er die bedrohlichen SMS von uns bekommen hat, hat er es mit der Angst zu tun bekommen und die Aldi-Eier vorbeigebracht

Dadurch erklärt sich auch diese komische Mischung aus Angst und Höflichkeit, die Sandy regelmäßig beim Funtasten auslöst. Er hat Angst, dass sie ihn eines Tages durchschaut. Aber er will auch immer noch ihren Laden.

Als ich auf mein Handy schaue, sind zwei neue SMS eingegangen. Die erste kommt vom Kommissar.

»Liebe Lu, wir konnten diesen Nobody aus dem Forum

für Zwillinge identifizieren. Doch er ist tatsächlich Vater von Zwillingen und scheidet damit wohl als Täter aus.«

Die zweite SMS stammt vom Funtasten.

»Hey, meine Buddys, hab eine superheiße Spur: Aus einem Fenster im ersten Stock in der Klarastraße sechsundzwanzig kam heute ein Babygeschrei, das sich original nach dem Gebrüll eurer Zwillinge angehört hat. In jedem Fall Stereo – also aus zwei Kehlen gleichzeitig. Schickt mal euren Oberwachtmeister hin. Ihr habt bestimmt einen besseren Draht zu den Bullen als ich ;-) Peace, the funtasic Funtast!«

Puh. Man kommt gar nicht dazu, über irgendeine große Sache in Ruhe nachzudenken, da rauscht auch schon die nächste Mega-Nachricht rein.

Ich reiche das Handy unter dem Tisch weiter an Rokko und beobachte sein ernstes Gesicht, als er die beiden SMS liest. Mein Bruder schnappt sich einen Eierlöffel vom Tisch und kaut nachdenklich darauf herum.

Als Sandy kurze Zeit später mit den Katzen zum Krallenschneiden fährt, erkunden Rokko und ich auf eigene Faust die Klarastraße sechsundzwanzig, die gar nicht weit entfernt ist. Wir sind uns einig, dass wir Herrn Berger nicht schon wieder auf eine falsche Fährte schicken können. Außerdem klingt es doch sehr unwahrscheinlich, dass der Funtast das Geschrei unserer Zwillinge von dem Geschrei anderer Babys unterscheiden kann.

Das Haus des angeblichen Entführers ist ein kleines Stadthaus – ähnlich wie das von Sandy. Man kann sogar von der Straße aus in die Küche schauen, die allerdings nicht besonders einladend aussieht. Von einer »artgerechten« Menschenbaby-Haltung kann jedenfalls keine Rede sein. Die Blümchentapeten wurden von den Wänden gerissen und liegen zerfetzt auf dem Fußboden. Mitten im Raum befindet sich ein mit Farbe bekleckerter Tisch, auf dem eine Packung Apfelsaft steht. Kein Stuhl weit und breit. Von Hochstühlen, Fläschchenwärmern und Schnullern ganz zu schweigen.

Rokko und ich drücken uns eine halbe Ewigkeit vor dem Haus herum und warten auf ein Lebenszeichen der Zwillinge. Fehlanzeige! Gar nicht so einfach, einen Kidnapper zu überführen, der zu allem Überfluss vielleicht gar kein Kidnapper ist. Schließlich können wir schlecht klingeln und fragen, ob er zufällig in seinem Haus ein paar kleine Kinder versteckt hält. Am Ende gefallen ihm auch größere Exemplare und er kassiert uns gleich mit ein.

Ich gebe die Adresse in meinem Handy bei Google Maps ein. Auf dem Satellitenbild kann man sehen, dass das Haus einen kleinen Garten hat, der nur durch Sträucher von den Nachbargärten getrennt ist. Man müsste also in einen dieser Gärten gelangen und könnte sich von hinten anpirschen – ähnlich, wie es der eierstehlende Funtast wahrscheinlich bei Sandy gemacht hat.

Tatsächlich steht drei Häuser weiter eine Haustür offen. Es ist ein Mietshaus und wir können durch den Hausflur und die Hoftür unbemerkt in die Gartenanlage gelangen. Um die Lage zu checken, verkriechen Rokko und ich uns erst mal hinter einen Busch und beobachten das Geschehen. Es hat ein bisschen zu nieseln begonnen und kein Mensch ist weit und breit zu sehen. Nur leere Sandkästen und blühende Beete, so weit das Auge reicht. Eine ideale Gelegenheit, uns bis zum Haus Nummer sechsundzwanzig vorzuarbeiten. Tatsächlich stellt sich uns niemand in den Weg, bis wir plötzlich auf der Terrasse des Vielleicht-Entführers stehen und von hinten in die Wohnküche mit den zermetzelten Blümchentapeten schauen können.

Ich weiß auch nicht, warum wir so hemmungslos und ganz ohne Tarnung da reinstarren. Vielleicht, weil bisher alles so super lief. Und weil dieses Ehrenfeld bei Nieselregen absolut ausgestorben zu sein scheint. Ein Geisterstadtteil sozusagen. Aber das ist natürlich total leichtsinnig. Und zwei Sekunden später bekommen wir auch schon die Quittung für unsere unprofessionelle Spionage. Denn der Kinderklauer persönlich steht plötzlich hinter der Glasscheibe und entdeckt uns. Wobei »entdecken« nicht das richtige Wort ist. Er kann ja gar nicht an uns vorbeisehen!

Zugegebenermaßen sieht er nicht aus wie ein Schwerverbrecher, sondern eher wie ein freundlicher Wollmützenträger mit verwaschenem T-Shirt und einem netten Gesicht.

»Wen haben wir denn da?«, sagt er beim Öffnen der Terrassentür. »Ihr spielt doch nicht etwa Emil und die Detektive in Gestalt von Pünktchen und Anton?«

Ich schaue den nettesten Kidnapper aller Zeiten an, und mir fällt nicht ein einziger Satz ein, den ich auf diese Frage antworten könnte. Dafür stottert Rokko eine Erklärung vor sich hin.

»W-w-wir haben uns a-a-ausgesperrt, da ganz hinten!«, lügt er und zeigt auf die gegenüberliegende Seite des großen Innenhofes. »Und jetzt s-s-suchen wir jemanden, der uns wieder zurück auf die Straße lässt.«

Ich kann nicht glaube, dass er das grade gesagt hat, und versteinere auf der Stelle. Wie kann er nur so eine blöde Geschichte erfinden? Wenn wir angeblich in diesem Garten gefangen sind, wird dieser Kidnapper – in Gestalt des nettesten Nachbarn der Welt – uns in sein Haus bitten, um uns vorne zur Straße wieder rauszulassen. Und wie kann mein Bruder nur wollen, dass wir freiwillig in die Höhle des Löwen gehen?

Ich komme gar nicht dazu, weiterzudenken, da sagt der Mützenmann auch schon: »Na dann kommt mal rein.«

Wir nicken, aber ich bin mir nicht sicher, ob mir meine Beine noch gehorchen. Rokkos Beine hingegen funktionieren problemlos. Jedenfalls folgt er dem Kinderklauer, und es bleibt mir nichts anderes übrig, als ebenfalls hinterherzugehen. Zumindest, wenn ich meinen kleinen Bruder beschützen will, was ja ein bisschen meine Aufgabe ist.

Obwohl mir das Herz in die Hose gerutscht ist, und mir von da aus bis zu den Ohren schlägt, sehe ich mich in der Wohnküche und im Eingangsbereich des Kidnapper-Hauses so genau wie möglich um. Nichts, aber auch gar nichts deutet darauf hin, dass dieser Mann Kinder gefangen hält. Wäre ich nicht innerlich so schockgefroren, würde mir jetzt vielleicht eine schlaue Frage einfallen. Mir fällt aber nur die Frage *Haben sie Kinder?* ein. Und die ist natürlich blöd. Denn er hat ja offensichtlich keine. Und für den extrem unwahrscheinlichen Fall, dass er welche gefangen hält, wird er bei dieser Frage bestimmt misstrauisch werden. Vielleicht wird er uns sogar etwas antun wollen, weil er Angst hat, dass wir ihn durchschaut haben. Also sage ich mal lieber nichts. Auch Rokko scheint es die Sprache verschlagen zu haben. Darum sind wir fünf Sekunden später, ohne weitere Ermittlungen angestellt zu haben, auch schon an der Haustür angelangt.

»Also dann, ab in die Freiheit«, sagt der Kindesentführer zum Abschied. Rokko und ich stehen wieder auf der Straße und müssen uns eingestehen, dass unsere Spionageaktion nicht viel gebracht hat.

»*Der war's leider nicht.*«, simse ich dem Funtasten und möchte für den Rest des Tages nur noch so Sachen machen wie tief durchatmen, Kinderprogramm gucken oder in die warme Badewanne steigen.

»Wir sind lausige Detektive«, sagt Rokko auf dem Weg zurück zur Körnerstraße. Ich sage nichts, sondern warte einfach nur, bis mein Herz sich wieder aus Hose und Ohr zurückgezogen hat.

13 Der Nieselregen hat sich grade zu einem echten Regen ausgewachsen, als Papa anruft. Ich stelle auf laut, damit Rokko mithören kann. Doch anstatt uns mit einer guten Nachricht wieder aufzurichten, ist von unserem Vater nur ein schlimmes Gekreische aus dem kleinen Lautsprecher zu hören.

»Kinder, warum habt ihr mir denn nichts gesagt? Mich hat eben eine Frau Großgedeck angerufen. Und sie hat mir von Phil und Bill erzählt. Das ist ja furchtbar! Und Sandy soll auch schon ganz abgedreht sein.«

Das ist der Moment, in dem mir endgültig die Beine versagen. Mit letzter Kraft ziehe ich meinen tropfnassen Bruder in einen Hauseingang und setze mich auf den Boden. Dann drücke ich ihm das Handy in die Hand. Rokko setzt sich ebenfalls.

»Hallo Papa«, sagt er mit fester Stimme. »Mach dir keine Sorgen, wir schaffen das schon.«

»Ich soll mir keine Sorgen machen?« Papas Stimme überschlägt sich fast. »Das ist ja … das ist ja alles ein Alptraum!«

Rokko presst die Lippen aufeinander. Aber er bleibt ruhig. »Ist schon gut, Papa. Wir haben dir nichts gesagt, damit du in Ruhe Mama finden kannst. Und wir suchen hier die Zwillis und beruhigen die Tante. So hat jeder seine Mission.«

Ich starre weiter auf Rokkos Mund, der diese kleinen tapferen Sätze sagt, und ich war in meinem ganzen Leben noch nie so dankbar, dass ich einen kleinen Bruder habe.

»Aber ich kann doch nicht hier in Afrika rumschwirren, während meine Kinder grade die Hölle durchmachen«, schreit Papa. Dann fängt er auch noch an zu weinen.

»Damit du so was nicht denkst, haben wir dir nichts erzählt, verstehst du«, erklärt Rokko. Nach ein paar Sekunden hat sich unser Vater wieder gefangen.

»Soll ich nicht doch lieber kommen? Die Polizei hier findet Mama vielleicht auch ohne mich«, sagt er. Aber Rokko kann ihn tatsächlich davon abhalten. Wir müssen ihm allerdings schwören, dass wir ab jetzt zwei Mal am Tag telefonieren. Und dass wir nicht auf eigene Faust versuchen, die Babys zu finden.

»Ja, wir telefonieren jetzt voll oft!«, erklärt Rokko schnell.

»Und ihr spielt auch nicht Ermittler, versprochen?«

Mein Bruder und ich sehen uns kurz an. Eigentlich haben wir ja schon genug vergeblich ermittelt. Mir wäre es auch lieber, wenn die Polizei jetzt mal weitermacht.

»Papa, mach dir keine Sorgen!«, rufe ich »Wir haben viel zu viel mit den ganzen aufgescheuchten Hühnern zu Hause bei Tante Sandy zu tun. Von den Chaoskatzen ganz zu schweigen.«

Papa ringt sich so etwas Ähnliches wie ein Lachen ab. Dann sagt er, dass er morgen zusammen mit ein paar Rangern einen Landstrich durchkämmt, in dem ein Nomadenstamm zusammen mit einer weißen Frau gesichtet worden ist. »Ist das nicht super?!«, ruft er aufgeregt. »Vielleicht finden wir sie ja morgen! Und dann kommen wir mit dem nächsten Flieger zurück!«

Sieht so aus, als hätte Rokko ihn tatsächlich beruhigen können.

Zu Hause angekommen, ziehen mein Bruder und ich uns frische Sachen an und legen uns vor den Fernseher aufs Sofa. Wir entscheiden uns einstimmig für die Sendung mit der Maus, die wir nicht mehr gesehen haben, seit wir fünf waren. Und ich überlege ernsthaft, ob ich uns nicht die Fläschchen von den Zwillis mit warmer Honigmilch vollmachen soll.

Die Maus erklärt grade, was mit einer Ameise passiert, die vom Hochhaus stürzt, da klingelt es an der Tür.

»Wir sind nicht da«, sage ich.

»Und wenn es Frau Großgedeck ist?«, will Rokko wissen.

»Dann sind wir erst recht nicht da!«

Mein Bruder springt trotzdem auf. »Ich gehe nur durch den Spion gucken. Vielleicht will ja jemand Phil und Bill zurückbringen«, flüstert er und schleicht die Treppe hinunter.

Zwei Sekunden später klingelt es noch mal und zwar länger und drängelnder als beim ersten Mal. Rokko ist inzwischen unten angekommen, und ich höre, wie er die Tür öffnet und behauptet, die Polizei hätte diesen Typen aus der Klarastraße gecheckt, aber der wäre nicht der Entführer gewesen.

»Deswegen komme ich nicht«, höre ich die Stimme des Funtasten sagen. »Ich komme, weil mich der alte Herr Braun angerufen hat. Der hatte Nachrichten von mir auf seinem Handy gefunden. Dabei konnte er sich gar nicht erinnern, dass er je mit mir gesimst hat.«

Während ich sehe, wie die Ameise in der Mausgeschichte in Zeitlupe einen Sturz aus vielen Metern Höhe überlebt, ist mir auf der Stelle klar, wer der alte Herr Braun sein muss. Und dann wird mir noch etwas anderes klar: Ich habe zwar unsere SMS auf dem Uralthandy des Schwerhörigen gelöscht, aber nicht die, die vom Funtasten eingegangen waren.

»Ja und?«, höre ich Rokko antworten.

»Jetzt tu nicht so blöd! Die Nachrichten wurden am 19. Juli abends um acht Uhr gesendet. Herr Braun kann sich zufällig ganz genau erinnern, dass er zu dieser Zeit im *Pinocchio* ein Steak gegessen hat. Und dass am Nebentisch ein kleiner Junge und ein Mädchen gesessen haben.«

Rokko antwortet nicht. Auch wenn ich nicht die allergeringste Lust habe, da unten mitzumischen, kann ich ihn jetzt nicht alleine lassen. Ich bin wieder dran mit Nervenbewahren. Rokko hat schließlich schon das Telefonat mit Papa übernommen. Und die Sache mit dem netten Doch-Nicht-Entführer. Mit weichen Knien und ebenso weicher Birne gehe ich die Treppe runter – die Hand fest am Geländer.

»Hallo Mirko, ich habe die SMS an dich geschrieben«, sage ich todesmutig. Mirko sieht mich an, als hätte ich ihm grade eine geknallt und als wolle er gleich zu einem extrem großen Gegenschlag ausholen. Sicherheitshalber bleibe ich auf halber Treppe stehen.

»Ich kann nicht glauben, dass ihr wegen der blöden Eier so einen Aufstand gemacht habt«, zischt er mich mit zusammengekniffenen Augen an. »Oder sagen wir lieber, ich konnte es nicht glauben. Bis mir der alte Braun die SMS noch mal ganz genau vorgelesen hat. Und dann ist mir einiges klar geworden ...«

Ich nicke und fühle mich ähnlich wie die Ameise, die grade in der Maus-Sendung vom Hochhaus segelt. Nur bin ich mir nicht sicher, ob ich den Sturz überlebe. Denn meine Fallgeschwindigkeit ist nicht grade die eines federleichten Krabbeltiers.

»Ihr habt also wirklich geglaubt, ich hätte eure beknackten Zwillinge geklaut? Und dann habt ihr diesen Berger auf mich gehetzt, der mich ausgefragt hat, als wäre ich ein Schwerverbrecher. Das Ende vom Lied ist, dass ich jetzt auch noch meinen Job los bin. Wahrscheinlich hat dieser Kommissar meinem Chef auch gleich erklärt, was für ein böser Mensch ich bin!«

Der Funtast hat sich richtig in Rage geredet, und vor lauter Aufregung vergisst er sogar, seine funtastigen Handbewegungen zu machen. Und sein Ghetto-Rapper-Slang ist ihm auch irgendwie abhandengekommen.

»Tut mir leid«, sage ich, als er sich zu Ende beschwert hat. »Wir haben nicht wirklich geglaubt, dass du die Babys hast. Aber du warst so sauer auf Sandy und wolltest ihr in die Pizza spucken …«

»In die Pizza spucken …«, wiederholt der Funtast und verzieht das Gesicht. »Hallo? Das war ein Witz. Ein Wihitz, kapiert ihr? Deswegen entführe ich doch keine Babys.«

Ich nicke und Rokko hockt sich auf den Boden. Er streichelt Viti, der unpassenderweise laut zu schnurren beginnt.

»Vielleicht hat dein Chef dich ja auch rausgeworfen, weil du zu langsam warst. Und gar nicht wegen uns«, gebe ich zu bedenken. Aber das macht den Funtasten erst recht wütend.

»Ja, ist klar!«, ruft er und tritt gegen den Schirmständer neben der Tür. Es ist eine alte Milchkanne, die mit lautem Geschepper umfällt und den schnurrenden Viti in die Flucht schlägt. »Glaubt doch, was ihr wollt, ihr Spacken. Und macht es euch mit euren Viechern und eurer Tante so richtig gemütlich. Aber eins sag ich euch, bei mir braucht ihr nicht mehr anzukommen. Ihr seid so was von gestorben für mich!«

Der Funtast wirft jedem von uns noch einen giftigen Blick aus seinen zusammengekniffenen Augen zu. Dann dreht er sich um und knallt die Tür hinter sich zu, dass das ganze Wandschrankhaus wackelt.

14

Seit Sandy gekratzt worden ist, werden die Katzen nicht mehr gewickelt und auch nicht mehr in die Babyschlafsäcke gezwängt. Sie legt sie einfach nur noch in die Gitterbettchen, zieht einmal an der Spieluhr und verschwindet in ihrem Schlafzimmer mit den vielen rot-orangen Kissen.

Kurze Zeit später liegen Wladi und Viti meist bei uns im Zelt. Mit einem Satz überwinden sie die Gitterstäbe und schleichen sich erst gegen Morgen wieder in ihren kleinen Schlafkäfig zurück – kurz bevor Sandy zum Wecken kommt. In der Zwischenzeit liegen sie wie lebende Kissen an unseren nackten Füßen und fühlen sich toll an.

Rokko hat das Nutellaglas aus der Küche mitgehen lassen und bohrt mit seinem wundgekauten Zeigefinger darin herum.

»Vielleicht haben ja auch die Katzen die Zwillis weggeschafft«, sagt er plötzlich.

»Wie kommst du denn auf die Idee?«

Rokko schließt die Augen und lässt sich einen extra dicken Nutellabrocken auf der Zunge zergehen, während er mit der Fußsohle ganz sanft über Vitis Fell streicht. »Weiß auch nicht, sie haben wenigstens Locko-Motive.«

»Die haben was?«

»Na diese Motive, von denen in allen Krimis die Rede ist.«

»Und welche Motive sollen das sein?«

Rokko macht die Augen wieder auf und sieht mich verständnislos an. »Ist doch klar, überleg doch mal. Die Zwillis sind immer die Nummer eins bei Sandy. Aber als es die beiden noch nicht gab, standen die Katzen an erster Stelle. So wie jetzt auch wieder. Nur haben Wladi und Viti bestimmt nicht damit gerechnet, dass sie plötzlich wie Babys behandelt werden, wenn sie die echten Babys wegschaffen.«

Rokko überlegt wirklich, ob die Katzen den Kinderwagen vor der Bäckerei weggeschoben haben könnten. So wie sie es damals auch geschafft haben, die Tür zu den Hühnern aufzumachen. Und je mehr er darüber nachdenkt, desto mehr steigert er sich in diese hirnrissige Idee hinein.

»Na klar, die waren eiferzüchtig. Die waren total stinkig auf diese schreienden Sabber-Monster, die alle Liebe abgezogen haben.«

»Eifersüchtig«, verbessere ich Rokko, der mir allerdings gar nicht zuhört. Er hat inzwischen die Augen wieder zu und sieht aus, als würde er auf eine Eingebung warten. Wahrscheinlich über die Fußsohlen oder über den wunden Nutellafinger, den er mahnend in die Luft streckt.

»Ich sehe es richtig vor mir. Wladi und Viti waren vor dem Zwillingsklau voll viel draußen. Und zwar nicht im Garten, sondern vorne auf der Straße. Und wenn Sandy mit den Babys rausging, sind sie ihr immer ein Stück hinterhergeschlichen. Und dann, eines Tages, haben sie zugeschlagen und den Kinderwagen einfach weggeschoben. Irgendwohin. Um die nächste Ecke oder in einen Hauseingang.«

»Was denn nun, um die Ecke oder in einen Hauseingang?«, versuche ich meinen Bruder ein bisschen zurück ins wahre Leben zu holen. Doch er liegt nur weiter da und rührt sich nicht, als warte er auf den passenden Geistesblitz.

»Beides!«, sagt er schließlich. »In einen Hauseingang um die Ecke.«

»Ach so, ja klar!«

Wieso dann niemand die Kinder gefunden und bei der Polizei oder wenigstens im Fundbüro abgegeben hat, kann Rokko allerdings nicht »sehen«.

»Du glaubst mir nicht, stimmt's?«

Ich schüttele den Kopf.

»Ich finde es ja selber komisch, aber ich verstehe die Katzen.«

»Warum, weil du selber schon mal *eiferzüchtig* warst?«

Rokko verzieht das Gesicht.

»Nein! Oder vielleicht ja, keine Ahnung. Klar war ich schon mal eifersüchtig. Ich bin immer eifersüchtig, wenn dich alle viel toller finden als mich. Aber das ist nicht der Punkt.«

Ich lege den Laptop weg und schaue meinem kleinen Bruder ins Gesicht. Er glüht richtig und hat ein paar rote Flecken am Hals.

»Was willst du mir sagen?«, frage ich ein bisschen strenger als geplant. Er schaut schweigend auf die Lavalampe, in der sich grade eine kleine Blase von einer großen Blase trennt und zittrig nach oben wabert.

»Was ist, bist du krank?«

»Nein, ich weiß doch auch nicht. Das hört sich total komisch an. Vielleicht bin ich ja genauso verrückt wie Sandy.«

Puh, ich muss mich wirklich zusammenreißen, um jetzt keinen blöden Witz zu machen. Denn scheinbar ist Rokko wirklich ein bisschen verrückt. Aber wahrscheinlich nicht mehr als andere kleinen Brüder auch. Und damit dann schon wieder normal.

»Jetzt sag, was ist los mit dir?«

Rokko steckt noch schnell einen dicken Nutellafinger in

den Mund, bevor er feierlich erklärt: »Ich glaube, ich kann die Katzen wirklich verstehen.«

»Was jetzt, so wie Dr. Doolittle? Du kannst hören, was sie sich sagen und ihnen auf Katzensprache antworten?«

Rokkos schüttelt den glühenden Kopf und leckt sich mit der Nutellazunge über die Lippen, sodass es aussieht, als hätte er braunen Lipgloss aufgetragen.

»Nein, so ist es nicht. Es ist kompliziert. Ich fühle, was in ihnen vorgeht. Oder was sie sich gegenseitig so mitteilen. Ich kann es aber nur ahnen.«

Es ist echt schwer, mich jetzt nicht über Rokko lustig zu machen. Ich »ahne« natürlich auch, was in den Fellbadewannen vorgeht. Wenn sie einem in der Küche um die Beine streichen, »ahne« ich zum Beispiel, dass sie Hunger haben. Dazu brauche ich kein Hellseher zu sein. Vielleicht hat Rokko ja Fieber, denke ich und lege meine Hand auf seine Stirn. Aber er schüttelt sie ab.

»Vielleicht war das alles heute ein bisschen viel für dich«, versuche ich ihn zu beruhigen. »Wie wäre es, wenn wir jetzt schlafen und morgen weiterreden.«

»Nein!«, protestiert Rokko. »Das hat nichts mit heute zu tun. Ich kann das schon länger. Aber ich wollte es nicht sagen, weil ich dachte, du hältst mich für verrückt.«

Ich schnaube. Er lässt echt nicht locker.

»Okay, aber dann hättest du doch längst wissen müssen, dass die Katzen die Kinder geklaut haben. Dann hätten wir doch gar nicht all die falschen Leute verdächtigen müssen.«

Diesen Punkt kann Rokko sich auch nicht so genau erklären. Aber er hat eine Theorie. Und zwar glaubt er, die Katzen ahnen, dass er sie versteht. Und deswegen würden sie in seiner Gegenwart keine Informationen austauschen, die er nicht erfahren soll. Aber inzwischen finden sie es selbst nicht mehr so toll, dass die Zwillinge weg sind. Seit sie nicht mehr rausdürfen und die Krallen geschnitten bekommen haben. Da sind sie wohl nachlässig geworden. Oder durchlässig oder so ähnlich.

»Ich hab irgendwie gemerkt, dass sie sich ärgern«, meint Rokko. »Und dann habe ich plötzlich gewusst: Sie ärgern sich darüber, dass sie die Zwillinge weggeschoben haben.«

Puh, ich bin mir echt nicht sicher, was ich dazu sagen soll. Darum sage ich erst mal gar nichts. Aber nichts ist nicht das, was Rokko hören will.

»Ich wusste, dass du mir nicht glaubst«, sagt er und schiebt mir die braun glasierte Unterlippe entgegen. »Aber ich werde es dir beweisen!«

Zum ersten Mal in meinem Leben habe ich das Gefühl, dass Rokko doch beleidigt sein kann. Er steckt sich noch einen letzten Finger voll Nutella in den Schmollmund und dreht mir den Rücken zu. Ich schaue ans Fußende zu den beiden Katzen, die mit großen Augen zurückschauen.

»Ja okay, beweis es mir«, sage ich zu Rokkos Rücken.

Aber mein Bruder antwortet nicht mehr. Wahrscheinlich ist er schon eingeschlafen. Ich hoffe, er hat wirklich nur ein bisschen Fieber und morgen ist alles wieder gut. Sonst bin ich am Ende die einzige Normale in diesem ganzen komischen Ehrenfeld!

Grade als ich mir wieder den Laptop geschnappt habe, sagt Rokko plötzlich: »Achtung, Viti muss mal. Und zwar nicht nur Pipi. Er geht gleich aufs Klo.«

Tatsächlich, wenige Sekunden später löst sich Viti von meinen Fußsohlen und trabt zu dem selbstreinigenden Katzenklo hinter unserem Zelt. Auf allen vieren krieche ich hinter ihm her, während Rokko regungslos liegen bleibt. Ich kann es nicht fassen. Viti macht tatsächlich mehr als Pipi. Wie viel mehr, will ich gar nicht so genau wissen. Es riecht jedenfalls nasenbetäubend, und ich bin froh, dass die Reinigungsmaschine direkt anspringt, nachdem er die Toilette wieder verlassen hat.

Als Viti und ich wieder auf der Matratze liegen, dreht Rokko sich zu uns um. Sein Gesicht hat wieder eine normale Farbe und die Schoko-Schmolllippen auch.

»Hatte ich recht?«

Ich nicke. »Du machst mir Angst«, sage ich.

»Ich mir auch«, antwortet er und schließt wieder die Augen. Minuten später ist er tatsächlich eingeschlafen.

Bei mir ist an Schlaf allerdings nicht zu denken. Denn anstatt Rokko jetzt für verrückt zu halten, habe ich plötzlich Angst, selber ein bisschen irre zu werden. Der Tag war einfach zu vollgestopft mit irren Sachen. Und dass mein Bruder jetzt Katzensprache versteht, kann doch gar nicht wahr sein. Oder doch? Was, wenn die Katzen wirklich die Zwillinge weggeschoben haben? Wir können unmöglich Kommissar Berger anrufen und ihm diesen Verdacht mitteilen. Aber was sollen wir dann tun?

15

»Was sollen wir denn deiner Meinung jetzt machen?«, frage ich Rokko, als er am nächsten Morgen endlich aufgewacht ist.

»Weiß ich doch nicht.«

Irgendwie bin ich wütend auf ihn. Er kann doch nicht so eine sagenhafte Gabe haben und dann auch nicht weiterwissen.

»Vielleicht war das mit dem Katzenklo gestern ja nur Zufall«, sage ich bockig. Mein Bruder reagiert gar nicht.

»Wenn du die Katzen verstehst, dann frag sie doch bitte mal, wo sie Phil und Bill genau hingebracht haben.«

Langsam bekommt Rokko einen genervten Zug um den Mund.

»Meinst du, das hätte ich nicht schon tausendmal versucht? Aber ich kriege keine Antwort. Entweder verstehen sie mich nicht oder sie wollen mich nicht verstehen. Vielleicht haben sie ja auch Angst, dass wir total sauer sind, wenn sie alles zugeben. Und dass wir die Babys dann zurückholen und sich kein Schwein mehr um sie kümmert.«

»Das ist doch alles totaler Wahnsinn!«, platzt es aus mir heraus.

Insgeheim denke ich aber schon darüber nach, wie man den Katzen ihr Geheimnis entlocken könnte – für den unwahrscheinlichen Fall, dass Rokko recht hat. Vielleicht kann man ihnen ja eine Belohnung versprechen. Einen Massage-Sessel zum Beispiel. Oder einen All-you-can-eat-Tag pro Woche. Und natürlich Straffreiheit.

Als Sandy uns zum Frühstück ruft, sitzen Wladi und Viti bereits mit Lätzchen um den Hals und Katzenmilchschälchen vor der Nase in den Babystühlen. Zum ersten Mal finde ich sie nicht mehr nur komisch, sondern auch unheimlich. Eigentlich finde ich alles plötzlich extrem unheimlich. Die verrückte Tante, die bösen Katzen und meinen magischen Bruder. Ich wünschte, Mama würde endlich gefunden und ich könnte wieder in mein altes Leben zurück. Statt mein Müsli zu essen, laufe ich wieder hoch ins Zelt und rufe Papa an. Ich brauche drei Anläufe, um überhaupt eine Verbindung herzustellen.

»Lou, meine Kleine«, keucht Papa, als ich ihn endlich dran habe. »Hier ist kaum Netz, aber es überschlagen sich die Ereignisse …« Dann bricht der Kontakt wieder ab und nichts geht mehr. Ich stecke das Handy in die Hosentasche und gehe zurück in die Küche.

Sandy ist merkwürdig streng heute. Jedenfalls mit den Katzen. Viti soll nicht so mit der Milch schlabbern und Wladi kriegt Ärger, weil er zwei Perlen von seinem Halsband abgekratzt hat. Und das mit geschnittenen Krallen!

Unsere Tante erklärt uns, dass in den Katzen-Halsbändern ihre Handynummer steht. Falls einer von den beiden mal ausbüxt und auf der Straße aufgegriffen wird, dann kann der Finder sie sofort informieren.

»Außerdem habe ich den beiden das Fell schneiden lassen«, sagt sie. »Die sahen ja schon aus wie richtige Hippies!«

Angeblich hatte sie gehofft, dass die Kater nur durch ihr buschiges Fell so dick wirken und mit einer Kurzhaarfrisur schlank und rank aussehen. Das ist aber leider nicht der Fall. Mit den Luxus-Halsbändern und dem Pikobello-Haarschnitt sehen sie eher aus wie zwei dicke Mopsmädchen.

»Diese blöde Großgedeck hat sich heute ausnahmsweise vormittags angekündigt«, erzählt Sandy beim Abräumen. Vielleicht hat unsere Tante ja deswegen so schlechte Laune. Immerhin wird die Frau vom Jugendamt immer aufdringlicher. Nicht nur, dass sie einfach unseren Vater angerufen und ihm einen Riesenschrecken eingejagt hat. Inzwischen ist sie auch wegen der Katzen »in Sorge«. Ich glaube, am liebsten würde sie uns Kinder zurück zu unseren Eltern, die Katzen in eine Pflegefamilie und Sandy zu einem Psychologen verfrachten.

Wenn sie die Mopsmädchen in ihren Hochstühlen entdeckt, wird sich ihre Meinung bestimmt nicht ändern. Das scheint sogar unsere verrückte Tante zu ahnen.

»Wollt ihr nicht einfach mit den Katzen mal vor die Tür gehen?«, fragt Sandy, nachdem der Tisch abgeräumt ist.

»Dann nehme ich mir diese Großgedeck mal vor und sag ihr all die Dinge, die sie gerne hören möchte.«

»Ich dachte, die Katzen dürfen nicht mehr raus«, antwortet Rokko.

»Na ja, ihr müsst sie schon in den Zwillingsbuggy schnallen. Dann bekämen sie auch mal ein bisschen frische Luft.«

Mein Bruder und ich sehen uns mit großen Augen an, und ich muss mir vorstellen, wie albern es aussieht, mit einem Kinderwagen voller Katzen durchs »Ghetto« zu gurken. Nicht auszudenken, wenn wir bei so einer peinlichen Aktion dem Funtasten über den Weg laufen. Inklusive Locko-Mo und Dreirad. Da könnten wir ja gleich rosa Meerschweinchen im Puppenwagen durch die Gegend schieben.

Auf der anderen Seite wäre das eine einzigartige Gelegenheit, den Katzen ihr Geheimnis zu entlocken. Nicht, dass ich inzwischen an Rokkos Fähigkeiten und an seine Theorie glaube. Aber angeblich soll man bei einem Kriminalfall ja jedem Hinweis nachgehen. Egal, wie abwegig er im ersten Moment klingt.

Das Verfrachten der Katzen in den Kinderwagen überlasse ich Rokko. Ich stehe in sicherer Entfernung und versuche vergeblich, Papas Nummer anzuwählen. Aus den Augenwinkeln kann ich beobachten, wie Rokko jede Katze mit einem durchdringenden Blick beschwört, bevor er sie in den Buggy setzt und anschnallt. Es wirkt ein bisschen wie das Hühner-Hypnotisieren, nur dass die Katzen weniger fasziniert von der Zeremonie zu sein scheinen als die Hennen. Sie legen die Ohren an und versuchen, sich aus Roccos kleinen Händen zu winden. Doch er hat sie gut im Griff und am Ende lassen sie sich brav anschnallen, ohne zu fauchen, zu kratzen oder zu beißen.

»Los geht's«, ruft Rokko, und ich folge ihm nach draußen, wo wir so schnell wie möglich um die nächste Ecke biegen. Nicht, dass Frau Großgedeck grade angerauscht kommt, und glaubt, wir wären inzwischen auch wahnsinnig geworden.

»Und, hast du mit den Katzen gesprochen?«, frage ich meinen Bruder, als wir weit genug vom Haus entfernt sind.

»Ich hab's versucht. Aber keine Ahnung, ob sie wirklich mitmachen.«

Er kniet sich noch mal vor den Buggy und legt mit geschlossenen Augen seine Hände auf die frisch frisierten Bäuche der Katzen, als hinter uns leise Schritte zu hören sind. Erschrocken drehe ich mich um und sehe den Funtasten in einen Hauseingang springen.

»Das darf doch nicht wahr sein. Mirko verfolgt uns«, flüstere ich meinem Bruder zu. Aber der hat inzwischen nicht nur die Augen, sondern auch die Ohren geschlossen. Jedenfalls antwortet er nicht, sondern konzentriert sich ganz auf seine »Unterhaltung« mit den Katzen. So ein Irrsinn! Dann macht er plötzlich die Sicherheitsgurte über den Katzenbäuchen auf, und Wladi und Viti springen mit einem Satz auf den Bürgersteig. Rokko gibt jedem ein dickes Stückchen Fleischwurst, das wahrscheinlich Sandys Diätplan um Wochen zurückwirft. Als die Kater es genüsslich gefuttert und sich danach ausgiebig geputzt haben, trotten sie mit gesenkten Köpfen und hängenden Schwänzen in Richtung Klarastraße. Mein Bruder und ich steuern aufgeregt mit dem leeren Buggy hinterher. Hinter uns höre ich auf leisen Sohlen Mirko Röhling, den ich einfach auszublenden versuche. Denn bestimmt kann man den Katzen nicht erklären, dass wir erst unseren Verfolger abhängen müssen, bevor sie uns den wahren Weg zeigen.

Zielsicher steuern Wladi und Viti auf die Nummer sechsundzwanzig zu. Vor der Tür bleiben sie stehen und schauen Rokko erwartungsvoll an. Mein Bruder holt für jeden ein zweites Stück Fleischwurst aus der Tasche, während mir tausend Gedanken gleichzeitig durch den Kopf gehen. Der erste ist: Das darf doch nicht wahr sein! Dicht gefolgt von: Wenn es wahr ist, dann ist der Funtast auch noch Zeuge. Dann denkt er, wir wollten seinen bereits gelösten Fall alleine zu Ende bringen. Und er weiß, dass wir ihn angelogen haben. Weil wir doch behauptet haben, die Polizei hätte seinen Verdacht nicht bestätigen können. Wahrscheinlich glaubt er, wir wollten ihn um seinen blöden Finderlohn bringen!

Aber das ist natürlich nur eine der vielen Gedankenketten in meinem Kopf. Die andere fängt an mit: Wie sollen wir Herrn Kriminalkommissar Berger davon überzeugen, dass er dieses Haus hier checken muss? Und was, wenn Rokko sich irrt und überhaupt gar keine Katzensprache versteht? Vielleicht sind die Katzen ja aus einem ganz anderen Grund hier hingelaufen. Vielleicht wohnt hier ein Kumpel von ihnen. Oder es ist ihr Geburtshaus. Wer weiß das alles schon.

Ich drehe mich ruckartig nach dem Funtasten um, aber die Straße ist menschenleer. Trotzdem bin ich mir sicher, dass er nur wenige Meter von uns entfernt wartet. Ich kann fast fühlen, wie er atmet. Und ich kann ihn vor Neugierde und Wut innerlich explodieren hören. Sicher kommt er jeden Moment hinter irgendeiner Ecke hervorgesprungen und stellt uns zur Rede. Aber nichts passiert.

»Und jetzt?«, frage ich Rokko.

»Was weiß denn ich?«, antwortet mein Bruder.

Die Katzen putzen sich ein weiteres Mal, nachdem sie gierig das Stück Fleischwurst verschlungen haben. Dann legen sie sich gemütlich auf den Bürgersteig. Rokko hat ihnen angeblich versprochen, dass sie nicht mehr in diesen blöden Buggy zurückmüssen, wenn sie uns den Weg zeigen.

»Und wie sollen wir sie dann wieder nach Hause bekommen?«

Mein Bruder streicht Viti über den Kopf. »Die kommen auch so.«

Wir werfen einen Blick in die Wohnküche von Hausnummer sechsundzwanzig, die plötzlich gar nicht mehr so unwohnlich aussieht. Es gibt eine neue, schokoladenfarbene Tapete. Der Tisch ist frisch lackiert und es stehen sogar passende Stühle drum rum. Nur der Boden scheint noch nicht fertig zu sein. So ganz genau kann man das auf den ersten Blick nicht erkennen. Und stundenlang reinstarren, wie beim letzten Mal, trauen wir uns heute nicht.

»Vielleicht sollten wir erst mal irgendwo in Deckung gehen«, sagt Rokko. »Nicht, dass der Typ uns schon wieder entdeckt. Vielleicht ist er ja wirklich brandgefährlich.«

Ich klappe den Buggy zusammen, der dank modernster Leichtbautechnik im eingefahrenen Zustand nicht viel größer und schwerer als ein Regenschirm ist, und wir verstecken uns in einer offen stehenden Garage auf der anderen Straßenseite. Die Katzen dagegen bleiben einfach liegen.

»Weißt du, dass der Funtast uns gefolgt ist?«, frage ich Rokko. Er schüttelt den Kopf und wird etwas blass.

»Echt jetzt?!«

Ich nicke. Dann ist es einen Moment lang ganz still. So still, dass wir dieses seltsame Brabbeln aus dem offenen Fenster des ersten Stocks auf der gegenüberliegenden Seite hören können. Rokko und ich halten den Atem an. Kurz darauf versteht man ein paar Sätze, die eindeutig von einem Mann kommen.

»Ja, wer ist denn da aufgewacht? Mein Supertopcheckerbunny! Komm mal her, du Mops! Dein Fläschchen ist schon längst fertig.«

Dann wird das Fenster geschlossen und man versteht leider gar nichts mehr.

»Hörte sich irgendwie nicht nach Zwillingsbetreuung an«, sage ich.

Rokko schaut verständnislos zu mir ruber. »Wie viele Beweise brauchst du denn noch? Nur weil nicht beide Zwillis gleichzeitig aufgewacht sind …«

»Ist ja schon gut«, gebe ich zu.

Ich bin wirklich beeindruckt. Der Kinderklauer, der ja genau genommen nur noch ein Kinderfinder ist, scheint gar nicht sooo ein Unmensch zu sein. Immerhin hat er lustige Kosenamen erfunden und freut sich, wenn ein Baby wach wird, und er ihm ein vorgewärmtes Fläschchen geben kann.

Rokko und ich überlegen ein bisschen hin und her. Es ist ziemlich unverständlich, warum dieser Mützentyp die Kinder einfach behalten hat und nicht zur Polizei gegangen ist. Auf der anderen Seite wird er bestimmt riesigen Ärger mit der Polizei bekommen, wenn wir ihn jetzt verpfeifen. Falls Herr Berger überhaupt noch einmal Lust hat, irgendeinem Verdacht von uns nachzugehen. Die Sache ist total vertrackt, und wir zerbrechen uns den Kopf, wie wir an die Babys kommen, ohne dass es eine Katastrophe gibt.

Nachdem die Katzen genug gedöst haben, traben sie einfach zurück nach Hause. Rokko und ich folgen ihnen. Vom Funtasten ist weit und breit nichts mehr zu sehen.

Zurück in der Körnerstraße, sehen wir Frau Großgedeck aus Sandys Haus kommen. Nur gut, dass Wladi und Viti nicht mehr im Buggy sitzen. Ich halte den zusammengefalteten Kinderwagen mit einer Hand hinter dem Rücken versteckt, während ich die andere Frau Großgedeck hinhalte.

»Ach Kinder, wie schön, dass ich euch noch sehe. Ich habe gestern doch schon mal bei eurem Vater angerufen. Ich hatte mir einfach zu große Sorgen um euch gemacht. Der Arme wusste ja gar nicht, was hier alles vor sich geht.«

»Boa, Sie sind echt eine Nervensäge!«, platzt mein Bruder plötzlich dazwischen. »Sie machen alles immer nur noch schlimmer. Wir haben's doch schon schwer genug. Können Sie uns nicht einfach in Ruhe lassen?«

Keine Ahnung, warum er plötzlich so auftrumpft. Vielleicht, weil wir kurz vor der Auflösung des Zwillingsfalls stehen.

Frau Großgedeck wirkt betroffen. Ihre fleischigen Lippen sacken ein Stück nach unten und ihre Profistimme gerät ganz schön ins Wanken.

»Na so etwas, Kinder. Das tut … tut mir aber leid, wenn ihr das so seht.« Vor Verlegenheit reibt sie sich die Hände, so als würde sie sie grade waschen. Dann fängt sie sich jedoch wieder.

»Wisst ihr, in eurem Alter kann man manche Situationen gar nicht so genau beurteilen«, behauptet sie. »Ihr glaubt vielleicht, ich störe. Aber in Wirklichkeit passe ich auf euch auf und ziehe im Hintergrund an Fäden, von denen ihr gar nicht ahnt, dass es sie überhaupt gibt.«

Was für Fäden meint sie nun wieder? Glaubt sie, wir sind hier in einem Marionettentheater? Und sie lässt die Puppen tanzen, so wie es ihr passt?

»Ich fände es besser, Sie würden an anderer Leute Fäden ziehen«, sagt Rokko und geht, ohne sich zu verabschieden, ins Haus. Die Katzen huschen schnell hinter ihm her. Nur ich habe irgendwie den Absprung verpasst.

Wie immer, wenn Rokko plötzlich nicht mehr dabei ist, werde ich extra in die Mangel genommen. Weil ich ja viel älter und vernünftiger bin und man angeblich viel besser mit mir reden kann. Wie ich das hasse! Allein dieser Blick, den die Leute dann aufsetzen. Dieses verschwörerische *Wir beide sind ja schon groß und wissen, worum es wirklich geht …*

»Lou, ich mache mir ernsthaft Sorgen. Wenn nicht bald eure Eltern wieder da sind …«

»Unsere Eltern sind aber bald wieder da. Und die Zwillinge wahrscheinlich auch.«, sage ich schnell und gehe ebenfalls ins Haus. Soll Frau Großgedeck doch denken, was sie will. Ich bin jedenfalls keine Marionette, an der sie rumziehen kann.

16

Ich finde Rokko und die Katzen in unserem Zelt. Alle drei wirken irgendwie verstört. Rokko blättert hektisch in Sandys alten Fotoalben, als könnte er darin eine Antwort auf unsere Fragen finden. Und die Katzen verpassen sich Backpfeifen, so als gäben sie sich gegenseitig die Schuld, ihr größtes Geheimnis ausgeplaudert zu haben.

Ich selbst weiß ehrlich gesagt nicht so genau, wie ich mich grade fühlen soll. Soll ich glücklich sein, dass wir ganz kurz vor der Auflösung stehen? Oder soll ich lieber Angst haben? Zum Beispiel vor Mirko Röhling oder Frau Großgedeck, die uns ganz schön dicht auf den Versen sind. Als das Handy in meiner Tasche zu zittern beginnt, entscheide ich mich automatisch für Angst. Sicher ist es der Funtast, der auf der Stelle seinen Finderlohn haben will.

Ich zerre das Smartphone hervor und gucke mit halb zusammengekniffenen Augen auf das Display. Da steht groß und breit und nicht zu übersehen *MAMA*.

»Mama!«, kreische ich und drücke auf *Annehmen*. Es ist sogar ein Skype-Anruf und zwei Sekunden später ist das Gesicht unserer Mutter auf dem Display zu sehen. Sie ist braun gebrannt und schaut bewegungslos in die Kamera.

Rokko kommt mit einem Satz auf meine Luftmatratze gesprungen und starrt auf das Handy. Dann fängt er an zu weinen.

»Mama, lebst du?«

Unsere Mutter nickt. »Ja, ihr Süßen. Ich lebe. Und ihr?«

Rokko schüttelt den Kopf. »Wir nicht. Wir sind nur noch so da. Das ist höchstens noch ein Hundeleben, das wir haben.«

Da laufen auch Mama die Tränen über das braune Gesicht.

»Ich hab schon gehört, was bei euch los war. Ich wünschte, das alles wäre nicht passiert. Ihr wart so tapfer, ihr kleinen Hasen. Viel zu tapfer für so kleine Hasenseelen.«

Ich habe einen riesigen Kloß im Hals und bekomme kaum einen Ton raus. Dafür sagt Rokko alles, was ihm in den Sinn kommt.

»Und du bist nicht vom Löwen gebissen worden?«

Mama schüttelt den Kopf. »An mir ist noch alles dran. Wollt ihr mal sehen?« Sie fährt mit der Kamera an ihrem dünnen Körper entlang – vorbei an Armen und Beinen und an einem komischen weißen Nachthemd.

»Und wieso trägst du dieses hässliche Kleid?«, will Rokko wissen.

Mama erklärt uns, dass sie noch ein paar Tage im Krankenhaus bleiben muss. Sie wird auf alle möglichen Krankheiten hin untersucht, weil sie so abgenommen hat. Aber sie behauptet, dass es ihr gut geht und dass bestimmt nichts Schlimmes mit ihr ist. »Ihr wisst doch, Stress schlägt mir immer auf den Magen. Aber der wird sich jetzt ganz schnell erholen.«

Rokko nickt. »Okay«, sagt er und holt tief Luft. »Und wenn du dann bei uns bist, musst du dich dann immer noch weiter verwirklichen?«

Mama schaut uns fragend an.

»Ach, das hat Sandy neulich über den Papa von Phil und Bill gesagt«, erkläre ich schnell. »Der musste angeblich immer verreisen, um sich selbst zu verwirklichen. Und darum war er nie zu Hause, bis Sandy ihn ganz rausgeschmissen hat.«

»Ach so«, sagt Mama. Und sie fängt schon wieder an zu weinen.

»Nein, ich muss nicht mehr wegfahren. Ich war jetzt erst mal lange genug weg, wenn ihr das meint.«

Rokko nickt, und ich überlege, wie lange so ein »erst mal« wohl andauert. Ich hoffe, ein paar Jahre mindestens.

Dann kommt Papa plötzlich ins Spiel. Er schnieft und hustet immer noch, aber im Gegensatz zu Mama ist er total aufgekratzt.

»Kinder, ihr glaubt gar nicht, wo ich eure Mutter gefunden habe. In der letzten Hütte im absoluten Nirgendwo. Und die Massai wollten sie erst gar nicht rausrücken. Ich glaube, die hatten sich allesamt in eure Mutter verliebt.« Papas schiefes Lachen friert einen Moment auf dem Display ein, weil die Verbindung so schlecht ist. Er sieht echt komisch aus, aber ich bin trotzdem froh, dass er sein Gute-Laune-Programm nicht aufgegeben hat. Ohne das hätte er Mama bestimmt nie gefunden.

»Aber sie haben sie bestens behandelt«, erklärt er weiter. »Auch wenn ihr das Essen nicht so richtig bekommen ist.«

»Du Papa, ich muss dich mal was fragen«, unterbricht Rokko ihn. »Angenommen, die Zwillinge wären bei einem Menschen, der es gut mit ihnen meint. Aber die Polizei würde das nicht verstehen. Würdest du diesen Menschen dann bei der Polizei verraten? Auch wenn er dann vielleicht unschuldig ins Gefängnis muss? Oder würdest du die Babys lieber zurückentführen?«

»Hä?« Papa hat nichts verstanden, und Rokko versucht die Sache noch mal zu erklären, ohne großen Erfolg allerdings.

»Wollt ihr damit sagen, dass ihr wisst, wo die Zwillinge sind? Und ihr geht nicht zur Polizei?

»Nein!«, sage ich schnell und gebe Rokko einen kleinen Tritt. »Das ist unser neues Was-wäre-wenn-Spiel. Weiß auch nicht, wieso Rokko jetzt darauf kommt.«

Papa lacht erleichtert. »Na dann zurückentführen natürlich. Aber nur, wenn der Typ richtig richtig nett ist. Sonst vorsorglich ab in den Knast mit ihm!«

Später wollen Mama und Papa noch mit Sandy sprechen, die ebenfalls anfängt zu weinen. Sie will ganz genau wissen, was Mama bei ihrer Entführung so alles durchgemacht hat. Dabei ist Mama ja gar nicht entführt worden. Aber unsere Mutter spielt das Spiel mit und betont in jedem zweiten Satz, dass Phil und Bill bestimmt auch wieder auftauchen und dass am Ende die Dinge viel weniger schlimm sind, als man vorher denkt. Dabei kann Mama doch gar nicht wissen, dass wir kurz vor der Auflösung des Falls stehen! Und dass die Zwillis wahrscheinlich auch nur gerettet und nicht gekidnappt worden sind.

Abends will Sandy wieder Pizza bestellen. Und zum Nachtisch soll es zur Feier des Tages ein dickes Eis geben. Sie ruft bei Mr Pinocchio an, aber der hat leider keinen Lieferservice mehr.

»Wie jetzt, arbeitet denn Mirko nicht mehr bei Ihnen?«, fragt sie. »Sie wollen doch nicht sagen, dass sie den armen Jungen wieder auf die Straße gesetzt haben?!«

Sandy wird richtig fuchsig und tut so, als müsste man

dem »armen« Mirko dringend helfen, damit er nicht auf die schiefe Bahn kommt. Dabei hat sie an der Begradigung dieser Bahn auch nicht grade mitgearbeitet.

Das Ende vom Lied ist, dass Rokko und ich die Pizzas holen gehen. Das Eis spendiert Mr Pinocchio, der im wahren Leben übrigens einfach nur Beppo heißt. Und vor lauter schlechtem Gewissen erklärt er uns noch einmal lang und breit, warum der Funtast gefeuert worden ist.

»Der war ein gute Junge, nur soooo langsam. Die Pizza war immer kalt, wenn Mirko ankam.«

»Hatte er denn kein Mofa oder wenigstens ein Fahrrad?«, will Rokko wissen.

Beppo schüttelt den Kopf und jongliert mit zwei Pizza-Teigfladen gleichzeitig in der Luft herum. »Nein, der Funtast ist doch eine Rapper. Und echte Rapper fahren keine Fahrrad! Schon wegen der Hose, die tief unter dem Arsch sitzen muss.«

Auf dem Rückweg gehen Rokko und ich zum zehnten Mal die Ereignisse des Tages durch. Und wir bleiben an dieser einen, alles entscheidenden Frage hängen: Wie kriegen wir die Zwillis zurück, ohne allzu großes Unheil anzurichten?

»Papa ist doch auch für Zurückentführen!«, sagt Rokko, der von der Idee besessen ist, dass wir persönlich beim netten Mützenmann einbrechen und Phil und Bill da rausholen.

»Du weißt schon, dass Papa das nicht ernst gemeint hat, oder?«

Rokko runzelt die Stirn.

»Wie wäre es, wenn wir uns erst mal mit dem Funtast versöhnen«, schlage ich vor. »Vielleicht kennt der ja den Mützenmann. Und vielleicht kann der uns bei einer Rückholaktion helfen. Der hat doch bestimmt mehr Erfahrung mit krummen Sachen.«

Rokko sieht nicht begeistert aus. Ich glaube, er wäre gerne alleine der Held. Und außerdem hat er ein bisschen Angst vor Mirko, weil wir ja angeblich für ihn »gestorben« sind und Rokko das ein bisschen zu wort-wörtlich nimmt. Aber am Ende kann ich ihn trotzdem überreden, obwohl ich gar nicht weiß, ob das wirklich eine gute Idee ist.

Nach dem Abendessen schreibe ich jedenfalls eine SMS an Mirko:

»*Wir müssen reden.*«

»*Worüber?*«, antwortet er Sekunden später. Dafür, dass wir für ihn gestorben sind, reagiert er ganz schön schnell.

»Noch nicht zu viel verraten«, rät mir Rokko und bekommt wieder diese roten Flecken am Hals.

»*In einer viertel Stunde bei uns vor der Haustür?*«, simse ich zurück.

»*Geht's noch? Wir sind Feinde. Schon vergessen?*«, schreibt der Funtast.

»*Okay, dann bis gleich also!*«, antworte ich.

»Wir sind dann mal im Hühnerstall«, erklärt Rokko unserer Tante, die grade im Fernsehen eine Sendung über Prominente anschaut, die es im wahren Leben auch nicht besser haben als normale Menschen.

»Blitzscheidung im Blitzlichtgewitter« zum Beispiel. Und missbraucht wird auch so einiges: Alkohol, Tabletten, Freunde ... Sandy sieht jedenfalls ganz gebannt aus.

Unten angekommen, schaut Rokko erst mal nach, ob schon wieder neue Eier im Stall sind. Seit die Hennen nicht mehr rausdürfen, legen sie doppelt so viele wie vorher. Sandy, die nichts von Mirkos Nest hinter der Hecke weiß, schreibt diesen Legeerfolg natürlich meinem Bruder zu. Entsprechend große Stücke hält sie inzwischen auf ihn.

Nachdem wir Molly und Co. im Friseursalon ein bisschen frisches Futter gegeben haben, machen wir das Licht aus und legen uns auf die Wiese. Durch das Schaufenster haben wir die ganze Straße im Blick. Nur wenige Minuten später steht der Funtast vor der Scheibe und guckt angestrengt ins Innere seines verlorenen Rapper-Paradises. Als er uns in der Dunkelheit auf dem Boden liegen sieht, springt er vor Schreck einen Schritt zurück. Dann macht er schnell wieder auf uninteressiert. Rokko steht auf und geht zur Tür. »Komm rein«, flüstert er und winkt Mirko zu sich heran. »Hier drin können wir reden.« Man merkt richtig, wie der arme Funtast mit sich ringt. Irgendwie will er wohl nicht das Gesicht verlieren. Auf der anderen Seite scheint er echt wissen zu wollen, was wir zu sagen haben. Vielleicht ist er ja auch immer noch scharf auf den Finderlohn.

»Also, was wollt ihr? Ich hab schließlich nicht ewig Zeit«, erklärt er, nachdem er die Tür hinter sich geschlossen hat.

Rokko will das Licht anschalten, doch der Funtast kommt ihm zuvor, und hält seine Hand über den Schalter. »Muss ja nicht jeder sehen, dass wir hier was zu besprechen haben«, meint er. Inzwischen bin ich auch aufgestanden, schon um die Größenverhältnisse noch mal zu klären. Ich stelle mich sogar auf den Rand der Vogeltränke, um noch ein bisschen größer zu wirken. Dann sage ich so freundlich wie möglich: »Hey, es tut uns leid, dass wir dich verdächtigt haben. Aber deinen Job hast du nicht wegen uns verloren. Wir haben extra bei diesem Beppo nachgefragt. Vielleicht nimmt er dich ja sogar wieder, wenn du ein Fahrrad hast. Und wegen der Eier haben wir dich bei Sandy auch nicht verpfiffen. Die denkt, die Hühner würden jetzt viel mehr Eier legen, weil Rokko sie hypnotisiert.«

»Labern Rhabarber!«, unterbricht mich der Fantast. »Jetzt kommt mal zum Punkt.« Seine Stimme klingt zwar immer noch kratzbürstig, aber seine Körperhaltung ist inzwischen entspannter. Er steckt die Hände in die Hosentasche und lehnt sich an die Wand direkt neben dem Lichtschalter. Vielleicht gibt ihm die Macht über Hell und Dunkel ja ein bisschen Sicherheit. Jedenfalls habe ich auf einmal das Gefühl, Mirko weiß gar nicht, dass ich ihn bei der Verfolgung in die Klarastraße gesehen habe. Sonst würde er nicht so den Ahnungslosen spielen. Und wenn wir jetzt einfach mit der Wahrheit rausrücken, dann können wir ganz schön punkten.

»Also gut, wir brauchen deine Hilfe. Du kennst doch alle hier im Viertel …«

Ich komme gar nicht dazu, meinen Satz zu Ende zu sagen, da steht der Funtast auch schon wieder mitten im Raum und geht ab wie ein Rumpelstilzchen.

»Ich kann nicht glauben, dass ihr jetzt wieder angekrochen kommt«, kreischt er. »Hatte ich nicht gesagt, ihr seid gestorben für mich? Mausetot seid ihr. Habt ihr was an den Ohren, oder was?«

Rokko tritt vor Schreck einen Schritt zurück, aber ich bleibe wie angewurzelt auf meinem kleinen Hühnersockel stehen.

»Wenn du weiter so rumschreist, kommt gleich Sandy und schmeißt dich raus«, erklärt Rokko, der den Platz zwischen Tür und Lichtschalter eingenommen hat.

»Dann kommt Saaandy«, äfft der Funtast meinen Bruder nach. »Glaubt ihr etwa, ich hätte Angst vor eurer bescheuerten Sandy?«

In dem Moment geht tatsächlich die Tür auf und unsere Tante steht vor uns. »Wer hat hier angeblich keine Angst vor mir«, sagt sie mit schneidiger Stimme. Als sie den Funtasten entdeckt, packt sie ihn am Schlawittchen oder besser gesagt an der Kapuze und befördert ihn ziemlich unsanft auf die Straße. Dann lässt sie krachend die Tür ins Schloss fallen.

»Sandy, es ist alles ganz anders, wir haben ihn reingelassen«, rufe ich hinterher.

»Auch das noch«, faucht unsere Tante.

»Wir wollten ihm doch nur von Beppo sagen, dass er vielleicht beim *Pinocchio* wieder anfangen kann, wenn er sich ein Fahrrad besorgt. Wie haben da extra für ihn nachgefragt. Weil du doch meintest …«

Aber Sandy ist nicht mehr milde zu stimmen. »Und warum kann der alte Beppo ihm das nicht selber sagen?«

Sie verbietet uns jeden weiteren Kontakt mit Mirko, weil er uns angeblich gegen sie aufhetzen will und immer um ihr Haus herumstreicht. Und natürlich, weil sie nicht will, dass er uns in seine krummen Geschäfte verwickelt. Wenn sie wüsste, was für ein krummes Geschäft wir ihm grade vorschlagen wollten …

Am nächsten Morgen werde ich durch eine eingehende SMS geweckt. »*Okay, ich helfe euch. Aber erst müsst ihr mir helfen. Ich brauche zwei Leute, die ungefähr meine Größe haben. Und zwar sofort.*«

Ich wecke Rokko und frage, ob er seine Größe für was auch immer zur Verfügung stellen würde.

»Wenn man nichts weiter tun muss als klein sein, meinetwegen«, sagt mein Bruder verschlafen.

Sollte der Funtast kleine Menschen brauchen, damit sie durch einen schmalen Schlitz in eine Bank einbrechen, dann können wir ja immer noch absagen, denke ich und schreibe zurück, dass wir in zehn Minuten am Neptunplatz sind. Der schlafenden Sandy kleben wir einen gelben Zettel mit der Aufschrift *Sind Brötchen holen* auf die Kaffeemaschine. Und dann sind wir auch schon wieder unterwegs zu irgendeiner krummen Sache mit ungewissem Ausgang – unsere neue Spezialität!

17 Der Funtast hat noch zwei Typen bei sich. Es sind aber nicht Locko-Mo und Dreirad, sondern zwei Männer, die kein bisschen wie Rapper aussehen. Sicher haben die drei eines von Mirkos berühmten krummen Geschäften im Sinn. Vor Schreck greife ich nach Rokkos Hand.

»Wenn irgendeinem von uns irgendetwas an der Sache komisch vorkommt, dann drückt er die Hand des anderen, okay?«, flüstere ich Rokko zu. Mein Bruder nickt. »Und dann rennen wir ins *Neptunbad* rein und stürzen uns zu den ganzen Nackten ins Kaiserbad«, schlägt er vor. »Da werden die drei uns bestimmt nicht hinterherspringen!«

Bei näherer Betrachtung machen die beiden Typen neben Mirko aber einen ganz harmlosen Eindruck: brave

Hosen und brave Schlabber-T-Shirts mit harmlosen Aufdrucken. *Zwist ist Mist* steht auf dem einen. Und auf dem anderen ist so grade noch ein verwaschener Affe zu erkennen, der eine Cola trinkt. Jedenfalls würde man nicht die Straßenseite wechseln, wenn die beiden einem auf dem Bürgersteig entgegenkommen. Leider sind sie jedoch nicht besonders begeistert, als sie uns sehen.

»Was jetzt, die beiden da?«, sagt der mit dem Zwist-ist-Mist-T-Shirt. »Das sind doch noch Kinder!«

Der andere Mann ist etwas höflicher und stellt sich erst mal vor.

»Ich bin der Tommy und das da ist mein Kollege Alex.« Dann stellt sich raus, dass Tommy und Alex ein Rappervideo mit dem Funtasten drehen. Und so ein echter Rapper braucht auch im Video eine Gang – findet jedenfalls der Funtast. Zu diesem Zweck hatte er zunächst Locko-Mo und Dreirad mit ins Filmstudio gebracht. Doch schon die ersten Aufnahmen zeigten, wie pimpfig der Ghettokönig neben seinen Untertanen wirkte. Darum sollten jetzt ein paar kleinere Kandidaten an den Start.

»Die beiden sind der Hammer!«, erklärt Mirko dem Filmteam. »Sie müssen nur so krasse Sido-Masken tragen und sich ein paar Mooves draufziehen.«

Rokko schaut mich an. Ich glaube, er ist kurz davor, meine Hand zu drücken und sich todesmutig in den Nacktenpool zu stürzen.

»Okay, wenn sie Masken tragen, dann brauchen wir ja auch keine Einverständniserklärung der Eltern. Also probieren wir es aus«, nuschelt Alex und tippt genervt auf seine Uhr.

Auf dem Weg zum Studio haben wir Zeit, um uns mit dem Funtasten zu besprechen. Zumal Tommy noch schnell in einen Karnevalsladen möchte, um die passende Verkleidung für uns zu besorgen.

»Ja, entspannt euch! Ich tue euch jeden Gefallen, wenn ihr jetzt mitmacht. Ehrensache!«, erklärt uns Mirko.

»Und du willst dann aber auch kein Geld für deine Hilfe?«, hakt Rokko noch mal nach. Ich glaube, der Funtast würde uns alles versprechen, wenn er nur ein ordentliches Rappervideo dafür zustande bringt.

Gedreht wird in der Wohnung, in der der Funtast mit seiner Mutter wohnt. Genauer gesagt im Badezimmer von Frau Röhling, in das Mirko mit Fingerfarben Funtast-Schriftzüge gemalt hat. Der Plan war wohl, dass sie aussehen sollten wie coole Graffitis. Doch sie sehen einfach nur wie Kindergartenbilder aus.

Obwohl er extra abwaschbare Farben genommen hat, ist Frau Röhling nicht besonders begeistert von der Aktion. Sie hält die ganze Zeit einen Putzlappen in der Hand, so als könnte sie es kaum erwarten, die Schmierereien endlich wieder entfernen zu dürfen.

Bis Tommy unsere Kostüme besorgt hat, soll der Funtast schon mal ein bisschen mit uns üben. Der Song heißt: *Ist mir doch Wurst.* Während Mirko diesen Satz immer wieder singt, thront er tatsächlich auf dem Klo! Das alles ist eigentlich schon absurd genug. Doch zu allem Überfluss sollen Rokko und ich ihm dazu noch auf einem Silbertablett Dinge reichen, die ihm auch alle Wurst-egal sind: zwei Eheringe, ein Ablehnungsbescheid vom Arbeitsamt, eine Rolle Klopapier …

Bin ich nur froh, dass wir Masken tragen dürfen!

»Der Text war ursprünglich viel härter. Aber die Produzenten wollten so eine entschärfte Soft-Version. Damit die Radio und Fernsehsender einen auch spielen«, erklärt uns Mirko mit runtergelassener Hose vom Klo aus. Wenigstens hat er seine Unterhose anbehalten!

Es gibt unglaublich viele Sachen, die dem Funtasten in seinem Song »Wurst« sind: falsche Freunde, noch falschere Freundinnen, sein Vermieter, die Leute von der Bank und vor allem die Ratschläge von blöden Ärzten und Psychologen.

Zwischendurch wird er richtig wütend beim Singen. Aber seine lauten Flüche und Drohungen klingen auch merkwürdig »entschärft«: »Alter, ich zeig dir, wie die Wurst gewachsen ist!« oder »Alter, willst du wissen, wo der Frosch die Locken hat?«

Wenn er diesen Song Sandy vorgespielt hat, um ihr

Herz für die Rapperzentrale in ihrem Laden zu gewinnen, dann hat er keine gute Wahl getroffen. Vielleicht wollen die Produzenten ja gar keinen Soft-Rapper, sondern eine Witzfigur aus dem Funtasten machen.

Eine halbe Stunde später kommt Tommy, der leider keine Furcht einflößenden Sido-Masken, sondern nur Clownsgesichter auftreiben konnte. Dazu hat er uns Hängepo-Jeans und Kapuzenshirts besorgt, auf die der Funtast vorne mit Fingerfarben »Team Funtast« schreibt.

Mit den rutschenden Hosen ist es noch schwieriger, die »Moves« – also die schluffigen Tanzbewegungen – auszuführen, die Mirko mit uns einstudiert hat. Aber am Ende klappt es doch und selbst der mürrische Alex findet die Aufnahme »voll pseudo«, was wohl so was Ähnliches wie gelungen heißen soll.

Als das Filmteam endlich weg ist, drückt Frau Röhling dem Ghettokönig den Putzlappen in die Hand und besteht darauf, dass er auf der Stelle das ganze Bad wieder blitzblank scheuert. Damit er dabei keine Fehler macht, will sie ihn persönlich beaufsichtigen. Keine besonders gute Voraussetzung, um mit ihm Teil zwei unserer Vereinbarung zu besprechen. Darum versuche ich, nur in Andeutungen zu erklären, wobei der Funtast uns im Gegenzug für unsere Tanzeinlage helfen soll.

»Du hattest übrigens recht mit den Zwillis. Du weißt schon, Klarastraße Nummer sechsundzwanzig.«

Mirko rastet gar nicht aus, wie ich es befürchtet hatte, sondern er nickt nur. Wahrscheinlich ist er viel zu glücklich über sein krass-pseudo-mir-doch-Wurst-Video. Außerdem will er vor seiner Mutter bestimmt nicht mit uns über Polizeieinsätze und überhöhte Finderlöhne diskutieren.

»Wann denn? Und wo überhaupt?«, fragt er nur.

Ich gucke auf die Uhr auf meinem Handy und bekomme einen kleinen Schreck. Es ist bereits elf. Wir waren also ganze zwei Stunden weg, um Brötchen zu holen. Komischerweise gibt es keine Nachricht von Sandy. Nicht mal einen entgangenen Anruf.

»Sagen wir um zwei in der Klarastraße?«

»Um zwei ist ganz schlecht«, schaltet sich Frau Röhling ein. »Da muss der Mirko zum Therapeuten.«

»Mama!«, zischt der Funtast. Dann wird er so rot wie ein Kinderpopo, der eine Woche nicht gewickelt worden ist.

»Mirko, der Doktor hat doch gesagt, du kannst ruhig ganz offen sein. Auch mit deinen Problemen. Das bringt gar nichts, immer nur den coolen Typen raushängen zu lassen.«

»Kannst du bitte mal die Klappe halten?!«

»Also dann um vier«, versuche ich, die Sache zu »entschärfen«. Aber Frau Röhling, die übrigens einen Kopf größer als ihr Sohn ist, setzt munter noch einmal nach: »Wisst ihr, der Mirko macht eine Psychotherapie. Nicht weil er verrückt ist, sondern weil er sich manchmal so klein fühlt. Und hilflos. Dabei sagt die Größe eines Menschen doch gar nichts über seine innere Größe aus.«

Ich nehme Rokko an der Hand und drücke sie einmal fest. Er nickt, dann verabschiede ich uns mit den Worten: »Also dann um vier in der Klarastraße«.

Auf dem Weg zurück zu Sandy fällt uns auf, dass wir noch nicht mal Geld für Brötchen dabeihaben. Gott sei Dank steht Beppo, der Pizzamann in seinem Laden und schenkt uns ein paar Pizzabrötchen vom Vorabend.

»Wussten Sie, dass Mirko jetzt extra eine Therapie macht, um seine Probleme loszuwerden?«, ruft Rokko ihm beim Rausgehen zu. Ich boxe meinen Bruder in die Seite, aber er ist mal wieder nicht zu bremsen.

»Wenn er ein Fahrrad hat und dafür aber keine Probleme mehr, würden sie ihn dann wieder einstellen?«

»Kinder, Kinder«, ruft uns Beppo hinterher.

Fünf Minuten später schließen wir Sandys Haustür auf und schleichen uns nach oben. Unsere Tante ist im Wohnzimmer und telefoniert. Sie scheint uns nicht sonderlich vermisst zu haben. Und unser gelber Zettel klebt immer noch auf der Kaffeemaschine.

»Nein, die Kinder schlafen noch«, hören wir sie ins Telefon sagen. Vorsichtig entferne ich die Nachricht und stecke sie in die Hosentasche. Dann schleichen wir uns weiter die Treppe hoch.

»Ich sag dir, wenn die Babys nicht bald auftauchen, laufe ich noch Amok. Ich halte das nicht mehr aus. Der Gedanke, dass sie irgendetwas Schreckliches erleben und ich kann ihnen nicht helfen – das bringt mich fast um den Verstand«, erzählt Sandy.

Es wird höchste Zeit, dass etwas passiert!

Oben im Zelt angekommen, essen Rokko und ich die alten Pizzabrötchen und tüfteln einen Baby-Rückeroberungs-Plan aus. Dann schicke ich Mirko eine SMS, indem unser Vorhaben genau erklärt wird. Wie immer antwortet er innerhalb von Sekunden. Er geht mit keinem Wort auf unsere genialen Plan ein, sondern schreibt nur: *»Alles, was meine Mutter sagt, ist OBER-WURST. Hört einfach nicht auf ihr Gelaber!«*

18

Seit zwanzig Minuten stehe ich groß und breit vor der gläsernen Gartentür des Mützenmanns. Aber er lässt sich in seiner Wohnküche einfach nicht blicken. Der Funtast kauert hinter einem Strauch, keine zwei Meter von mir entfernt. Und mein Bruder sitzt am anderen Ende der Gartenanlage auf einem ziemlich hohen Baum und ruft alle zwei Minuten, ich solle mich beeilen. Mein Herz rast wie verrückt, als ich schließlich gegen die Scheibe klopfe. Erst zaghaft, dann immer fester. Und dann steht er plötzlich vor mir, der Mützenmann wie er leibt und lebt, nur heute ohne Mütze. Er nickt mir freundlich zu, öffnet die Gartentür und erkennt mich sogar wieder!

»Hallo, du bist doch dieses Mädchen von neulich, das sich mit ihrem Bruder ausgesperrt hatte«, sagt er. Ich nicke.

»Und, ist schon wieder die Tür zugefallen?«, will er grinsend wissen.

»Nein, viel schlimmer! Mein Bruder ist da oben auf diesen blöden Baum geklettert.« Ich zeige auf Rokko, der uns unpassenderweise zuwinkt, statt zu heulen und mit den Zähnen zu klappern.

»Ich habe ihm gleich gesagt, dass er da nicht rauf soll. Aber auf mich hört er ja nicht.«

Der mützenlose Mützenmann grinst. »Und was ist jetzt mein Part bei der Sache?«

»Können Sie ihm nicht helfen, da wieder runterzukommen? Er schafft das nicht alleine.«

Der Mützenmann ohne Mütze will nur schnell sein Babyfon holen und dann mal gucken kommen. Außerdem will er, dass ich ihn Simon nenne.

Als er noch mal kurz im Haus verschwindet, gebe ich dem Funtasten wegen des Babyfons ein paar hektische Zeichen. Die Rückentführung muss absolut still ablaufen. Und falls doch einer der Zwillis wach wird, muss alles ganz ganz schnell gehen. Das versuche ich, ihm pantomimisch zu erklären. Mirko nickt nur genervt.

Ich hab ein richtig schlechtes Gewissen, als Simon mit dem Babyfon in der Hand wieder auftaucht und nichts ahnend zwischen Sträuchern und Beeten hinter mir herläuft. Seine Terrassentür hat er natürlich in der Eile nicht abgeschlossen, so wie es unser Plan vorsieht.

»Hast du ein Baby?«, frage ich Simon so beiläufig wie möglich. »Nicht nur eins. Ich hab Zwillinge«, antwortet er ganz cool. So als wäre es die normalste Sache der Welt, zwei Babys auf der Straße aufzusammeln und sie dann als seine eigenen auszugeben. »Aber erst seit ein paar Tagen. Vorher haben sie bei ihrer Mutter gelebt.«

»Oh, wie süß, Zwillinge«, erkläre ich scheinheilig. »Und warum sind sie jetzt bei dir?«

»Na, du willst es aber genau wissen«, meint Simon und lacht. »Ehrlich gesagt sind sie zum ersten Mal bei mir. Erst wollte ihre Mutter sie ganz alleine erziehen. Aber dann hat sie es sich wohl anders überlegt.«

Dieser Satz wirft mich ganz schön aus der Bahn, und ich stolpere beinahe über einen kleinen Lastwagen, den irgendein Kind zwischen den Büschen geparkt hat.

Als wir endlich bei Rokko angekommen sind, sieht mein Bruder tatsächlich ein bisschen panisch aus. Er hat sich in eine ziemlich blöde Lage manövriert und umklammert einen Ast wie ein Schiffbrüchiger die letzte Planke seines Bootes. Wahrscheinlich wollte er eine möglichst schwierige Rettungsposition einnehmen, damit der Funtast auch genügend Zeit zur Rückeroberung der Zwillis hat.

»Da seid ihr ja!«, ruft er mit angstgeweiteten Augen.

Simon macht sich auch gleich daran, hinter meinem Bruder herzuklettern und drückt mir zu diesem Zweck das Babyfon in die Hand. Wie genial! So kann ich den Lautsprecher zuhalten und selbst wenn der Funtast nicht ganz lautlos arbeitet, werden wir hier nichts davon mitbekommen.

Obwohl alles wie am Schnürchen läuft, habe ich gar kein gutes Gefühl mehr. Dieser Simon hat so selbstverständlich davon gesprochen, Vater zu sein, dass ich Angst habe, wir könnten doch bei den falschen Zwillingen gelandet sein. Dicht gefolgt von der Angst, Simon könnte tatsächlich der Vater von Phil und Bill sein. Kann es sein, dass der Mützenmann ohne Mütze in Wirklichkeit der Bartmann ohne Bart ist? Dieser zugewucherte Typ aus Sandys Fotoalbum? Möglich wäre es. Dann hätten die Katzen die Babys einfach zu ihrem Vater gebracht.

Simon ist inzwischen bei meinem Bruder angekommen und hält ihm eine Hand entgegen.

»Komm her, ganz ruhig. Das kriegen wir schon hin«, sagt er auf eine echt nette Art. Wenn er wirklich der Vater der Zwillis ist, möchte ich ihm diese Rückentführung eigentlich gar nicht mehr antun. Das wäre auf jeden Fall mehr als nur ein krummes Ding. Und wir haben auch noch den armen Funtasten da mit reingezogen, der ja ohnehin schon einen schlechten Ruf in Sachen krumme Dinger hat.

»Heißt die Mutter der Babys zufällig Sandy?«, platzt es aus mir heraus.

Simon vergisst für einen Moment seine Rettungsmission und schaut zu mir herunter, während Rokko beinahe das Gleichgewicht verliert. Im letzten Moment kann er sich noch fangen und Simon zieht ihn zu sich heran.

»Kennt ihr Sandy etwa?«, will er wissen.

Ich nicke. Rokko, der inzwischen gar nichts mehr versteht, macht mir hinter Simons Rücken Zeichen, dass ich wohl nicht mehr alle Latten am Zaun und Delfine im Becken habe.

»Kann es sein, dass die Babys am letzten Dienstag Vormittag plötzlich vor deiner Tür standen?«, frage ich einfach weiter.

»Ihr werdet mir langsam unheimlich. Woher wisst ihr das denn? Habt ihr mir Phil und Bill etwa vor die Tür gestellt? Und habt ihr die ganzen gelben Zettel auf sie draufgeklebt? Ich dachte, Sandy wäre das gewesen. Hab mich schon gewundert, woher Sandy überhaupt weiß, dass ich wieder zurück aus Südamerika bin. Eigentlich wollte ich sie ja überraschen mit diesem Haus hier und meiner neuen Sesshaftigkeit.«

Jetzt scheint auch Rokko zu dämmern, wer Simon wirklich ist. »Welche gelben Zettel denn?«, fragt er mit weit aufgerissenen Augen.

Simon erklärt, dass an den unmöglichsten Stellen diese gelben Zettel geklebt hätten. *Du bist dran,* stand auf dem Kinderwagen. *Um 12 gibt's Milch, bitte vorwärmen,* klebte auf einem der Fläschchen. Und *Bitte sauber machen,* hing an der Windel von Phil, die auch tatsächlich randvoll war.

Rokko wirft mir einen langen, vielsagenden Blick zu, und ich erinnere mich, wie ich den Katzen damals diese frohen Botschaften langsam und deutlich vorgelesen habe, in der Hoffnung, sie übernehmen meine Jobs.

»Jetzt sagt nicht, ihr habt die Zettel geschrieben?!«, will Simon wissen. Wir schütteln beide den Kopf, und ich bin kurz davor, den ganzen Fall aufzuklären – wäre die Geschichte nicht so schrecklich unglaubwürdig. Und wäre da nicht der Funtast, der sicher schon mit den Zwillis über alle Berge ist. Während Simon und Rokko gemeinsam den Rest des Baumes herunterklettern, schreibe ich schnell eine SMS an den Funtast: *»Hat sich alles aufgeklärt. Du kannst die Babys in ihren Betten lassen!«*

Zwei Sekunden später kommt auch schon die Antwort: *»Spinnst du? Ich bin schon am Neptunplatz. Warte hier auf euch!«*

»Also, woher kennt ihr Sandy? Und was wisst ihr über die Babys?«, will Simon wissen, als er und Rokko wieder sicheren Boden unter den Füßen haben.

»Wir kennen die gar nicht so gut. Wir hatten nur ihre Babys hier vor der Tür stehen sehen«, lügt Rokko und tritt von einem Bein aufs andere. Dann bedankt er sich bei Simon und will ganz schnell los. Wir verschwinden in die Richtung, in die wir neulich gezeigt haben, als wir uns angeblich zu Hause ausgesperrt hatten. Der arme Simon ist so durcheinander, dass er gar nicht sofort zurück zu seinen

Babys geht. Ich drehe mich noch ein paar Mal zu ihm um und winke, doch er steht wie angewurzelt mit dem Babyfon neben dem Kletterbaum und starrt vor sich hin.

»Was sollen wir denn jetzt machen? Hier kommen wir doch nirgends raus«, flüstere ich Rokko zu. Tatsächlich liegt der Hauseingang, durch den wir in den großen Innenhof gelangt sind, direkt neben Simons Terrasse. Und da können wir jetzt schlecht hin zurückgehen, ohne uns verdächtig zu machen.

In unserer Not steuern wir auf irgendeine offene Tür zu und stehen wenige Sekunden später bei einer wildfremden Familie im Wohnzimmer. Rokko entschuldigt uns ganz höflich und tischt den armen Leuten die altbewährte Lüge auf: »Wir haben uns am anderen Ende des Gartens ausgesperrt und sind auf der Suche nach jemandem, der uns raus auf die Straße lässt.«

Es funktioniert und wenige Sekunden später sind wir wieder in Freiheit.

Mit wackligen Knien laufen wir in Richtung Neptunplatz. Der Funtast sitzt etwas versteckt hinter einem Pflanzenkübel und hat die Zwillinge mit zwei Stückchen Kinderschokolade ruhiggestellt. Wahrscheinlich die erste Süßigkeit ihres Lebens. Denn bei Sandy gibt es natürlich nur »artgerechte« Ernährung. Jedenfalls sind sie total fasziniert und nehmen kaum Notiz von uns.

»Philli, Bill, wie geht's euch?«, rufe ich und gebe jedem

von ihnen einen dicken Kuss auf ihre noch dicken Babywangen. Die beiden schauen kurz zu mir hoch, dann weichen sie weiter die Schokolade in ihrem Mund auf.

»Was sollte denn die SMS eben?«, will der Funtast wissen.

»Der Finder der Kinder war der Vater der Babys«, erklärt Rokko. »Der dachte, er sollte die Kinder nehmen, weil die mit so Zetteln vor seiner Tür standen.«

»Was denn für Zettel?«

»Na ja, da stand *Du bist dran* drauf. Und noch ein paar andere Sachen.«

Ich schaue auf das Einkaufsnetz, das am Griff des Kinderwagens befestigt ist. Ganz unten in der Ecke leuchtet etwas Gelbes. Zwei Sekunden später habe ich die Klebezettel in der Hand und halte sie Mirko hin. Er bekommt einen Lachanfall.

»Ich hab doch gleich gesagt, dass eure Tante crazy ist. Erst schiebt sie dem Alten die Kinder zu und dann läuft sie zur Polizei.«

Rokko holt tief Luft. Ich glaube, er ist kurz davor, Mirko Röhling das Katzengeheimnis zu erklären. Doch im letzten Moment atmet er einfach nur wieder aus und sagt gar nichts.

»Wie auch immer, ich bin raus. Am besten, ihr geht mal nach Hause, bevor die beiden noch mehr Schokolade fordern.«

Der Funtast spreizt noch ein paar Mal die Finger auf

Rapper-Art und verschwindet dann hinter dem *Neptunbad.*

Vielleicht sehen wir ihn ja nie wieder, denke ich. Jetzt, wo alle Fälle gelöst sind und unsere Eltern uns bald abholen kommen. Fast bin ich ein bisschen traurig. Denn trotz allem ist Mirko Röhling etwas Besonderes.

Die Ersten, die Phil und Bills Ankunft bemerken, sind die Hühner im Schaufenster. Sie kommen aufgeregt angeflattert und drücken sich die Schnäbel an der Scheibe platt. Phil streckt sein Ärmchen in ihre Richtung und sieht aus wie der Papst, der vom Papamobil aus dem Volk seinen Segen erteilt. Ich schließe die Haustür auf, hinter der schon die Katzen warten. Rokko stürzt sich gleich auf sie und überschüttet die beiden mit Schmuseeinheiten. Wahrscheinlich, damit sie nicht glauben, sie würden jetzt wieder weniger geliebt. Dann rufe ich nach unserer Tante. »Sandyyyy! Besuuuch!«

»Momeeeent«, ruft Sandy aus dem Bad. »Ich bin aber nicht besuchsfein!« Wenige Sekunden später taucht sie im Bademantel und mit Honigmaske im Gesicht oben an der Treppe auf.

»Nein! Ich glaube, ich träume! Wo habt ihr die denn gefunden?«, schreit sie.

»Die waren bei ihrem Papa«, sagt Rokko stolz. »Ich hab das ja gleich gesagt. Damals. Ihr wisst schon. Direkt, nachdem sie weg waren.«

Sandy stürzt die Treppe runter und weiß gar nicht, welchen Zwilling sie zuerst abknutschen soll. Wegen des leckeren Honigs in ihrem Gesicht lassen die beiden alles über sich ergehen und küssen sogar zurück! Rokko und ich streicheln derweil gegen die Eifersucht der Katzen an.

»Meine Babys«, schluchzt Sandy. »Meine ganz kleinen Babys. Geht's euch gut? Ich hab euch so schrecklich vermisst. Sagt bloß, Simon hat euch Schokolade gegeben?!«

»Das war nur jetzt für die Rückentführung«, erklärt Rokko. »Damit sie ruhig sind. Obwohl – genau genommen gab es eigentlich gar keine Hin-Entführung.«

Nachdem Sandy die Zwillinge nach Strich und Faden geherzt hat, will sie ganz genau wissen, was wir mit »Rückentführung« meinen. Und wir erzählen ihr die ganze Wahrheit. Inklusive Rokkos Katzenversteher-Talents und der Sache mit den gelben Zetteln. Denn, wenn uns jemals jemand diese irrsinnige Geschichte glaubt, dann nur unsere verrückte Tante. Die war ja schließlich auch von Rokkos erfolgreicher Hühner-Hypnose schwer beeindruckt.

»Das glaub ich nicht! Das darf doch alles gar nicht wahr sein!«, sagt Sandy und schüttelt den Kopf. Obwohl man ihr ansieht, dass sie Rokko jedes Wort glaubt. »Dann waren sie bei Simon. Und der hat ein Haus um die Ecke. Und ich ahnte nicht mal was. Warum hat der sich denn nicht gemeldet?«

»Vielleicht wollte er dich mit dem Haus ja überraschen«,

sage ich leise. »Weil du doch gesagt hast, dass er nicht sesshaft ist und sich nur in anderen Ländern verwirklichen kann.«

Sandy fängt schon wieder an zu weinen. Dann holen wir die Zwillinge aus dem Buggy und gehen hoch ins Bad, wo ihre großen klebrigen Bäckchen und die kleinen Zähne geschrubbt werden, bis kein Fitzelchen Honig oder Schokolade mehr an ihnen haftet.

19

Unser Plan ging genau bis zu dem Punkt, an dem die Zwillis wieder zu Hause sind, und keinen Millimeter weiter. Weder Rokko noch ich haben auch nur einen einzigen Gedanken darauf verschwendet, was danach kommt. Simon weiß schließlich, wo Sandy wohnt. Und er wird sich die Babys bestimmt nicht einfach so wieder wegnehmen lassen. Vielleicht wird er bei der Polizei anrufen. Und wenn er es nicht tut, müssen wir es tun. Denn schließlich kann Herr Berger nicht bis in alle Ewigkeiten weiter vor sich hin ermitteln, während Phil und Bill längst wieder in ihren Hochstühlchen sitzen und den Gemüsebrei in der Küche herumspucken. Auch Frau Großgedeck wird spätestens bei ihrem nächsten Besuch – also in einer halben Stunde – eine Erklärung verlangen. Und aufdringlich, wie sie ist, wird sie sich bestimmt nicht mit einem »Alles ist wieder in Ordnung, wir brauchen Sie nicht mehr« abgeben.

Das Problem ist nur: Ich bin mir ganz sicher, dass uns niemand außer Sandy diese Katzengeschichte abkaufen wird. Und wenn sie uns doch jemand glauben sollte, macht es die Sache auch nicht einfacher. Denn dann wäre Rokko nicht mehr nur mein kleiner Bruder, sondern ein extremes Wunderkind. Wahrscheinlich würden sie ihn uns wegnehmen und er müsste in irgendwelchen Forschungslaboren Tests über sich ergehen lassen. Er wäre dann eine Sensation für die Menschheit und könnte bestimmt nicht mehr ganz normal mit Mama, Papa und mir am Stadtrand wohnen und an den Fingernägeln kauen.

Leider haben wir keine Zeit, auf diese Fragen eine Antwort zu finden. Denn da klingelt es bereits an der Haustür und die Ereignisse nehmen einfach ihren Lauf.

Sandy verliert jedenfalls innerhalb von zwei Sekunden die gesamte Farbe aus ihrem Gesicht – und zwar, ohne dass sie die Tür überhaupt aufgemacht hat. Hätte sie nicht eines ihrer knallbunten Kleider an, könnte man meinen, sie verwandele sich in eine schwarz / weiß-Version von sich selbst.

»Kinder, ich ahne, wer das ist. Ich glaube, den muss ich wohl mal alleine übernehmen«, erklärt sie und schluckt. Dann wirft sie einen Blick in den verspiegelten Toaster und zupft an ihren Haaren. Beim zweiten Schellen reißt sie sich schwer atmend vom Toaster los und schreitet dann langsam wie eine Schlossherrin die Treppe herunter. Alles ist ganz still, bis zu dem Moment, in dem Sandy die Tür öffnet. Da bricht ein gewaltiger Redesturm ins Haus. Selbst die Zwillis hören auf, an ihren Schnullern zu saugen und lauschen gebannt der Stimme unten im Flur.

»Du hast doch echt einen Knall!«, heißt es zur Begrüßung. »Erst soll ich die Kinder gar nicht mehr sehen, dann schiebst du sie mir einfach vor die Tür, kommentarlos, ohne ein Wort, außer ein paar lieblosen gelben Zetteln, und ein paar Tage später holst du sie dann einfach wieder ab. Ach, was sag ich, ›abholen‹ ist echt nicht der richtige Ausdruck. Du entführst sie mir. Und benutzt auch noch zwei arme Kinder dafür. Ich kann nicht glauben, dass du so bist. Ich kann's echt nicht glauben!«

»Brauchst du auch nicht«, hören wir Sandy mit sanfter Stimme dazwischengehen. »So war es nämlich nicht.«

Einen Moment herrscht Stille. Dann poltert die Sturm-Stimme wieder los. »Willst du etwa behaupten, Phil und Bill wären nicht wieder zurück bei dir?«

Sandy versucht, ganz ruhig dem armen Simon den Fall zu erklären. Leider erzählt sie ihm die ganze Wahrheit, die trotz ihres zuckersüßen Tonfalls irgendwie unglaubwürdig klingt. Jedenfalls bringt sie Simon nur noch mehr in Rage.

»So 'n Quatsch kannst du vielleicht deinen Eso-Freundinnen weismachen. Aber in meiner Welt gibt es keine

Katzen, die lesen können und Klebezettel auf Babywindeln pappen. Und auch keine Kinder, die Katzensprache verstehen. Sorry!«

Rokko schaut mich Hilfe suchend an. »Was sind denn Eso-Freundinnen?«, fragt er leise. »Ich glaube, er meint Esoteriker-Freundinnen. Also Menschen, die an Übersinnliches glauben.«

»Solche, die sich auch die Handlinien umleiten lassen?«, will mein Bruder wissen.

»Ja, solche vielleicht auch!«

Rokko sieht erschüttert aus. »Aber so einer bin ich doch gar nicht!« Mit einem Satz springt er auf und läuft ebenfalls die Treppe runter. Ich weiß nicht, ob das so eine gute Idee ist. Am liebsten würde ich hinterherlaufen. Aber irgendjemand muss ja auf die Zwillis aufpassen.

»Die Katzen haben wirklich die Babys weggeschoben. Auch wenn sich das komisch anhört«, höre ich Rokko protestieren. »Deswegen bin ich noch lange keine Esoerika-Freundin oder wie die heißen.«

Sandy und Simon lachen und machen eine kurze Streitunterbrechung. Unsere Tante stellt meinen Bruder als ihren Neffen vor.

»Dann sind wir ja fast ein bisschen verwandt«, höre ich Simon zu Rokko sagen. »Immerhin bist du der Cousin meiner Babys.« Einen Moment hat man das Gefühl, die Stimmung könnte sich bessern. Doch schon kurz darauf geht der Streit weiter, weil Simon die Katzengeschichte einfach nicht glauben will.

»Sorry, aber das ist jetzt nicht euer Ernst. Das ist die absurdeste Ausrede, die ich je gehört habe. Und ich bestehe darauf, dass ihr mir jetzt die Wahrheit sagt!«

Statt mit einer neuen Wahrheit rauszurücken, will Sandy lieber wissen, warum Simon eigentlich zurück ist, und sich noch gar nicht bei ihr gemeldet hat.

»Ich wollte dich eigentlich überraschen«, brummt er. »Weil du doch denkst, ich bin so ein Hallodri ohne festen Wohnsitz. Stell dir vor, ein Freund hat mir ein ganzes Haus überlassen. Samt Proberaum im Keller, gleich hier um die Ecke. Und alles für eine winzige Miete. Dafür muss ich es ihm einfach nur renovieren! Und sobald ich fertig gewesen wäre, hätte ich dich und die Kinder eingeladen.«

Eigentlich ist das doch mal eine gute Nachricht, aber bei Simon klingt es wie ein Vorwurf. Er erinnert mich ein bisschen an den Funtasten und seine wütend vorgetragenen Witze von der krumm gewachsenen Wurst oder dem Frosch mit den Locken.

Zu allem Überfluss klingelt es nun ein zweites Mal und Frau Großgedeck steht vor der Tür.

»Die Babys sind wieder da und meine Schwester ist auch gefunden worden. Sie können mich also wieder in Ruhe lassen«, höre ich Sandy zur Begrüßung sagen. Frau Großgedeck ist für einen Moment sprachlos.

»Gehen sie doch hoch, wenn sie mir nicht glauben. Die Babys sitzen in der Küche«, erklärt sie schroff.

Kurz darauf höre ich Schritte auf der Treppe und sehe die wuchtige Frau vom Jugendamt in der Küchentür erscheinen.

»Hallo, Lou«, sagt sie. »Das sind ja gute Neuigkeiten! Habt ihr denn schon die Polizei informiert?«

Ich schüttele den Kopf, und ehe ich mich versehe, zückt Frau Großgedeck ihr Handy und hat Herrn Berger am Apparat. Der verspricht, sofort zu kommen. Dann nähert sich Frau Großgedeck den Babys und mustert sie mit ihrem Profiblick.

»Wo waren die Süßen denn?«, will sie mit gespitzten Lippen wissen.

»Bei ihrem Vater.«

Zehn Minuten später sitzen wir alle am Küchentisch – inklusive Kommissar Berger, der unsere Unterhaltung auf ein Diktiergerät aufnimmt. Dass Rokko Katzen-Gedanken lesen kann, kommt allerdings nicht besonders gut an. Mein armer Bruder steht unter Dauerbeschuss. Er soll endlich zugeben, dass er sich seine Fähigkeiten nur ausgedacht hat.

»Junger Mann, wir sind hier nicht in einem Fantasy-Roman«, sagt die olle Großgedeck. Und Herr Berger findet auch, dass jetzt mal Schluss sein muss mit der Märchenstunde. Er will »knallharte Fakten, bitte schön!«.

Rokko bekommt schon wieder seine roten Flecken und

kaut wie wild auf einem Strohhalm rum, den er aus einer leeren Bionade-Flasche gezogen hat.

»Okay, ich habe die Babys zu Simon gebracht«, gesteht er plötzlich.

Ein Aufschrei geht durch die kleine Menge und dann starren ihn zehn Augenpaare an – inklusive Baby- und Katzenaugen. Mir wird heiß und kalt gleichzeitig. Was sagt Rokko da? Ist er vollkommen wahnsinnig? Will er vielleicht einen Weltrekord im Mutigsein aufstellen? Nur damit das ganze Verhör endlich ein Ende hat? Damit er nicht mehr als Lügner oder Irrer dasteht, spielt er jetzt lieber den Täter?!

»Ja, ich weiß, es war ein fetter Fehler«, nuschelt er. »Aber wir haben sie doch auch wieder zurückgeholt! Ich fand es halt total gemein, dass die Babys nicht bei ihrem Vater sein dürfen. Und außerdem haben sie hier ganz schön genervt.«

Alle sind entsetzt und wollen auf der Stelle wissen, woher Rokko den Vater von Phil und Bill überhaupt kannte.

Mein Bruder behauptet, er habe ihn in den Fotoalben von Sandy gesehen und dann auf der Straße zufällig wiedererkannt.

»Das glaub ich nicht! Das darf doch alles gar nicht wahr sein!«, findet Sandy zum zweiten Mal an diesem Tag. »Simon hat auf den alten Fotos doch einen Bart und eine Frisur, die nichts von seinem Gesicht erkennen lassen.«

»Doch, die Augen waren noch frei«, sagt Rokko. »Und

dieser Leberfleck in Herzform, direkt unter dem rechten Auge, der war auch deutlich zu sehen.«

Natürlich wandern alle Blicke jetzt zu dem herzigen Leberfleck unter Simons Auge, den es tatsächlich gibt. Und keiner beachtet die Katzen, die echt empört zu sein scheinen, dass ihnen niemand eine einfache Entführung zutraut. Jedenfalls laufen sie aufgeregt in der Küche umher und scheinen sich alle Mühe zugeben, ihre Intelligenz unter Beweis zu stellen. Viti öffnet mit Zähnen und Krallen einen Schnürsenkel des Kommissars und Wladi manövriert ein Holzauto der Zwillinge an Stuhlbeinen und allen möglichen anderen Hindernissen vorbei. Aber ihre Aktionen bleiben von allen anderen unbemerkt.

Einen Moment lang finde ich die Geschichte mit dem Leberfleck viel zu unglaublich, als das Rokko sie sich einfach mal kurz ausgedacht haben könnte. Was, wenn es stimmt, was er sagt? Wenn er wirklich der Entführer ist. Doch das kann einfach nicht sein! Dann hätte er mich ja die ganze Zeit belogen. Er hätte einen Weltrekord im Dauerschauspielen aufgestellt. Völlig unmöglich.

»Also noch mal zum Mitschreiben«, sagt Herr Berger und schüttelt den Kopf. »Du hast diesen Mann unter tausend Männern irgendwo in der Stadt gesehen? Und ihn an diesem winzigen Muttermal wiedererkannt? Und dann hast du dir gedacht, die Kinder wären besser bei ihm aufgehoben, und hast sie ihm einfach vor die Tür geschoben?

Aber vorher hast du sie noch mit Zetteln zugepflastert, die eure Tante euch an den Mülleimer und das Honigglas geklebt hatte?«

Rokko nickt. »Ich hätte ja eigene Zettel geschrieben. Aber Simon sollte doch denken, die Nachrichten sind von Sandy. Darum waren die Zettel mit Sandys Schrift super.«

Der Kommissar schüttelt immer noch den Kopf und meint, das wäre die unglaubwürdigste Geschichte, die er je gehört hat. Aber dennoch nicht im Entferntesten so unglaubwürdig wie die Geschichte mit den Katzen, die den Zwillingskinderwagen durch die Stadt schieben. Und die ihre Tat später so sehr bereuen, dass sie einem kleinen Jungen per Gedankenübertragung gestehen, was sie getan haben.

Ein Stöhnen geht durch die Menge.

»Was hast du dir dabei nur gedacht?«, will unsere Tante von meinem Bruder wissen und fängt an zu weinen. Da weint Rokko einfach mit. »Es tut mir so leid! Ich wollte die Babys doch sofort wieder zurückholen, als ich gesehen habe, wie traurig du bist. Aber das war gar nicht so einfach.«

»Und deiner Schwester hast du dann die Lüge mit den Katzen aufgetischt, so wie uns anderen auch?«, tritt Frau Großgedeck noch einmal nach. Sie hat plötzlich ihre ganze Profifreundlichkeit abgelegt und ist mit schriller Stimme der Meinung, dass man so ein schreckliches »Vergehen« nicht einfach hinnehmen dürfe. Sie ist jedenfalls sehr dafür, dass die Sache Konsequenzen für Rokko hat. Sogar drastische Konsequenzen! Gott sei Dank ist Sandys Abneigung gegen die Frau vom Jugendamt noch größer als ihre Wut auf meinen Bruder.

»Welche Konsequenzen das haben wird, bestimme immer noch ich. Seine Eltern haben ihn mir anvertraut und nicht Ihnen!«

»Meine Damen!«, geht Herr Berger dazwischen. »Jetzt wollen wir doch erst mal froh sein, dass die Zwillinge wohlbehalten wieder zurück sind und dass niemand ernsthaft vorhatte, einem anderen zu schaden! Auch wenn du, lieber Rokko, langsam alt genug sein solltest, um zu wissen, dass man nicht einfach Gott spielen darf und für andere Menschen entscheiden, wie und wo sie zu leben haben.«

Rokko schnieft und nickt und sieht so schrecklich gequält aus, dass niemand es mehr wagt, weiter an ihm herumzumeckern.

Eine Frage hat der Kommissar dann aber doch noch. Und zwar, wer denn nun derjenige gewesen sei, der die Kinder aus dem Haus des Vaters rausgeholt habe? Um nicht zu sagen, wer denn nun eigentlich der Täter gewesen sei?

Ich hatte befürchtet, dass diese Frage noch kommen würde.

»Es war ein Freund, der uns noch einen Gefallen schuldig war«, sage ich schnell. »Aber der hatte keine Ahnung, dass Simon der Vater ist. Der dachte, er wird ein Held, wenn er die Babys befreit.«

»Sag jetzt bitte nicht, dieser angebliche Freund ist Mirko Röhling«, stöhnt Sandy.

»Doch!«, schluchzt Rokko. »Aber der darf nicht bestraft werden. Das war echt kein krummes Ding von ihm. Und er will auch keinen Finderlohn.«

Sandy stöhnt schon wieder. Aber niemand hakt wegen dem Funtasten noch mal nach. Vielleicht will auch niemand die Sache noch komplizierter machen, als sie ohnehin schon ist. Für einen Moment ist es ganz still. So still, dass man die Hühner gackern hört, die in der Küchentür stehen und beim Anblick der vielen Besucher gerade in Panik geraten. Aufgeregt flattern sie uns um Beine und Ohren. Sie schmeißen Kaffeetassen um, klecksen Frau Großgedeck in die Haare und bringen die Babys, die während der ganze Unterhaltung gebannt und ruhig an ihren Schnullern gesaugt haben, zum Schreien.

»Wer hat denn jetzt schon wieder die Hühnertür aufgemacht?«, kreischt Sandy. Dann wirft sie Rokko einen flehenden Blick zu. Mein Bruder steht auf und bringt ein Huhn nach dem anderen erst zur Ruhe und dann zurück in den Stall. Wladi und Viti sitzen derweil mit ihren Kurzhaarfrisuren und ihren Perlenhalsbändern auf der Fensterbank und betrachten zufrieden, was sie angerichtet haben.

20

Als wir abends auf unseren Luftmatratzen liegen, bin ich mir immer noch nicht ganz sicher, wen Rokko jetzt eigentlich angelogen hat. Mich oder all die anderen Leute.

Hat er wirklich seine Fähigkeiten verleugnet und die ganze Schuld auf sich genommen, nur weil es glaubhafter klingt und alle zufrieden macht? Dann wäre er auf jeden Fall ein Held!

Wenn er mich aber belogen hat – in der schwersten Zeit unseres ganzen Lebens –, wenn er mir den Katzenversteher nur vorgespielt hat, um seine eigene Schuld zu vertuschen, dann, dann ... werde ich ihm echt mal zeigen, wie die Wurst gewachsen ist und wo der Frosch die Locken hat! Dann wäre er für mich so was von gestorben und bräuchte nie, nie wieder angekrochen kommen.

»Rokkolino, würdest du mir jetzt bitte schwören, dass die Katzen die Zwillis entführt haben und nicht du!«, flehe ich ihn an. Rokko starrt auf die gestickten Sterne an der Decke, während er seine Hände in die atmenden Fellberge links und rechts von seiner Matratze vergraben hat.

»Ich weiß es schon selber nicht mehr genau«, sagt er leise.

»Mensch, Rokko!« Ich setze mich auf und kneife meinem Bruder in die Nase. »Rede mit mir! Gib doch zu, dass es die Katzen waren! Schließlich warst du die ganze Zeit hier bei mir, als Phil und Bill entführt wurden.«

»War ich das? War ich nicht auch mal ziemlich lange auf dem Klo zwischendurch?«, faselt Rokko vor sich hin.

Ich springe hoch und stürze mich auf ihn, sodass meine Knie seine Oberarme tief in die Matratze pressen und die Katzen panisch aus dem Zelt springen. Dann senke ich ganz langsam meinen Kopf, bis meine Nase nur noch wenige Zentimeter von seiner entfernt ist.

»Ich spuck dir voll ins Gesicht und mache eine Stunde Muckireiten, wenn du mir nicht auf der Stelle die Wahrheit sagst.«

Rokko schaut mich an. Doch in seinem Blick ist kein bisschen Angst, so wie früher. Dann sagt er ganz ruhig: »Ich werde nie wieder behaupten, dass ich irgendetwas kann, was mir nur Esoerikas glauben.«

Ich hänge jetzt so tief, dass sich unsere Nasen fast berühren, und spüre seinen warmen Atem auf meiner Haut.

»Aber ich bin nicht irgendjemand, ich bin deine Schwester! Ich habe dir vertraut«, sage ich so ernst, als wären wir in einem sehr tragischen Film, in dem es um Leben und Tod geht. Rokko steigt auch gleich drauf ein. Nur dass die Leben-oder-Tod-Filme, die er so kennt, keine traurigen Familienfilme sind, sondern irgendwelche Action-Knaller. Im Tonfall eines Mafiabosses erklärt er mir, dass ich ihm auch weiterhin vertrauen könne. Aber was ich über die Katzen glaube, das wäre ganz und gar meine Sache.

»Es ist besser für dich, wenn du die Wahrheit nie ganz erfährst. Glaub mir. Ich will dich nur schützen!«

»So ein Blödsinn!«, fauche ich. »Du bis mein kleiner Bruder. Du musst mich nicht schützen. Ich bin da, um dich zu beschützen. Schon vergessen?«

In meiner Wut zähle ich Rokko sämtliche Schulhofsituationen auf, in denen ich ihn rausgehauen habe. Einmal habe ich mich sogar mit zwei echt starken Jungs aus seiner Klasse geprügelt, nur damit sie ihn in Ruhe ließen.

»Also, gibst du jetzt zu, dass du unschuldig bist und die Katzen die Zwillis weggebracht haben? Oder meinetwegen auch der Wind, aber nicht du!«

Rokko verzieht sein Gesicht und ist plötzlich wieder ganz der kleine Bruder.

»Du tust mir weh!«, sagt er und ich nehme meine Knie von seinen Oberarmen. Dann lasse ich mich erschöpft neben ihn fallen. Einen Moment lang starren wir beide gegen die Zirkuszeltdecke, jeder in seine eigenen, mürrischen Gedanken versunken.

»Gleich kommt Viti und wird dir einen Schnuller von Bill bringen«, sagt Rokko in den Sternenhimmel hinein. »Damit du dich wieder beruhigst.«

Keine zwei Sekunden später hört man jemanden die Treppe hochtapsen. Es ist tatsächlich Viti mit einem Schnuller im Maul, den er vor mir ausspuckt.

»Reicht das?«, fragt Rokko.

»Okay, das reicht«, antworte ich beeindruckt und krieche mit unter seine Decke. Heute bin ich es, die vor lauter Erschöpfung als erste einschläft.

Am nächsten Morgen werde ich von einer Hand in meinem Gesicht geweckt. Es ist die kleine Pranke von Bill, der versucht, erst die Löcher meiner Nase und dann den Eingang in mein linkes Ohr zu weiten. Als ich hochschaue, sehe ich Sandy mit Phil auf dem Arm vor unserem Zelt stehen. »Bill war unten nicht mehr zu halten«, behauptet sie. »Habt ihr nicht Lust, frühstücken zu kommen?«

Der Esstisch in der Küche ist zur Feier des Tages voller Leckereien. Bei ein paar Pfannkuchen mit frischen Erdbeeren und Sahne besprechen wir noch mal den gestrigen Tag. Genau wie ich, hat auch Sandy Rokko nicht geglaubt, dass er die Zwillinge zu ihrem Vater gebracht hat. »Obwohl die Geschichte mit dem Muttermal echt überzeugend rüberkam«, sagt sie anerkennend. »So überzeugend, dass wir Herrn Berger und Frau Großgedeck ein für alle Mal los sind.«

Sandy grinst und scheint richtig stolz auf uns zu sein. Dann verfinstert sich ihr Blick jedoch wieder. Sie nimmt einen großen Schluck Kaffee und starrt auf eine der brennenden Kerzen, mit denen sie den Tisch geschmückt hat.

»Das Schlimme ist nur, Simon hat dir leider auch nicht geglaubt. Weder die Katzengeschichte noch, dass du selbst der Übeltäter warst. Er ist immer noch der Meinung, ich hätte die Kinder bei ihm vorbeigebracht und sie mit eurer Hilfe auch wieder zurückgeholt. Und du hättest mich nur decken wollen mit deiner Aussage. Dementsprechend ist er auch immer noch stinksauer.«

»Decken?«, fragt Rokko.

»Ja, du hättest die Schuld auf dich genommen, damit ich keinen Ärger bekomme.«

Jetzt grinst mein Bruder. Vielleicht ist er ja froh, dass er doch nicht vor allen als Gott-spielender Vollidiot dasteht. Wenigstens Simon sieht in ihm einen heldenhaften Gentleman, der den ganzen Ärger auf sich genommen hat, um seine arme Tante zu schützen.

»Vielleicht kannst du Simon bei Gelegenheit ja mal eine Kostprobe von deinen Fähigkeiten geben«, meint Sandy. »Eigentlich ist es mir ja egal, was der Typ von mir denkt. Aber ich kann es einfach nicht haben, wenn er eine falsche Meinung von meinem netten Neffen hat.«

Nach dem Frühstück knöpft sich Sandy die Zeitung vor, während die Zwillinge ein bisschen hinter den Katzen herkrabbeln dürfen und Rokko und ich abräumen. Doch schon nach wenigen Minuten sagt Sandy plötzlich wieder ihre zwei neuen Lieblingssätze:

»Das glaub ich nicht! Das darf doch alles gar nicht wahr sein!« Dann liest sie uns eine Meldung aus dem Kölner Stadtanzeiger vor.

Funny Funtast!

Harte Konkurrenz für das Gangman-Style-Video. Kölner Pseudo-Rapper Funtast hat bei YouTube nach wenigen Stunden schon über 400 000 Klicks. Tendenz: rasant steigend!

Mit seiner Persiflage auf die trotzige Anti-Haltung der Rapper-Szene ist dem Funtast ein extrem medienwirksamer Coup gelungen. Allein bei Facebook wurde sein Titel »Wurst-egal« in den ersten Stunden mehrere Tausend Mal geteilt.

»Waaas?«, ruft Rokko. »Der Funtast ist jetzt berühmt?«

»Sieht ganz so aus«, meint Sandy. Dann erklärt sie uns, dass man sich bei einer »Persiflage« über etwas lustig macht und dass »pseudo« falsch oder unecht heißt.

»Dann ist der Funtast gar kein echter Rapper?« Rokko rutschen die Mundwinkel fast aus dem Gesicht.

»Na ja«, meint Sandy. »Er selbst sieht das bestimmt anders.« Sie holt ihren Laptop, und wir schauen uns das Wurst-egal-Video an, das inzwischen sogar 727 645 Klicks hat. Es ist wirklich das bescheuertste Musikvideo, das ich je gesehen habe. Schon nach wenigen Sekunden kriegen wir einen Lachanfall, von dem wir uns erst eine halbe Stunde später wieder richtig erholt haben. Es fühlt sich an, als müssten wir all das Lachen aus der Zeit, als wir nichts zu lachen hatten, auf einen Schwall nachholen. Jedenfalls Rokko und ich. Sandy kriegt sich schneller wieder ein. Irgendwie scheint sie immer noch nicht so ganz froh zu sein.

Dann starrt sie plötzlich auf die Schuhe der Rappervideo-Untertanen und lässt ihren Blick zu unseren Füßen runterwandern.

»Diese zwei anderen Pseudo-Rapper haben ja die gleichen Schuhe an wie ihr!«, sagt sie kopfschüttelnd.

»Das glaub ich nicht! Das darf doch alles gar nicht wahr sein!«, prustet Rokko.

Sandys Augen werden so groß wie Untertassen.

»Wollt ihr mich verkackeiern? Hatte ich euch nicht den Kontakt zu Mirko Röhling strengstens verboten? Ihr habt doch nicht in diesem beklopptesten Video aller Zeiten mitgespielt?!«

»Wir mussten in diesem Video mitspielen. Sonst hätte der Funtast uns nicht bei der Befreiung von Phil und Bill geholfen!«, erkläre ich Sandy.

Unsere Tante lässt sich auf einen Stuhl fallen und schlägt die Hände vors Gesicht. Dann besteht sie darauf, dass sie uns noch heute neue Schuhe kaufen darf. Und dass die alten feierlich entsorgt werden.

»Ihr müsst schwören, dass niemand auf der Welt von eurem Einsatz erfährt. Schon gar nicht eure Eltern. Sonst lassen sie euch nie wieder zu mir zu Besuch kommen«, erklärt sie mit erhobenem Zeigefinger.

Rokko kugelt sich inzwischen vor Lachen auf dem Boden. Er zieht seine alten Turnschuhe aus und wirft sie in hohem Bogen aus dem offenen Küchenfenster. Statt eines Aufpralls hört man allerdings nur aufgeregtes Gegacker.

»Dürfen die Hühner etwa wieder raus?«, fragt er und springt zum Fenster. Gott sei Dank hat er niemanden getroffen.

»Ja, alle dürfen wieder raus. Auch die Katzen! Ich hab's satt, diese dicken Stubenhocker immer um mich zu haben!«

Das ist der Punkt, an dem Rokko schlagartig aufhört zu lachen. Er blickt mitleidig zu Viti, der seltsam knurrt, weil Bill auch bei ihm die Nasen- und Ohrenlöcher erweitern möchte. Dann erklärt er unserer Tante, warum die Katzen die Zwillinge weghaben wollten: »Die kriegen überhaupt keine Liebe mehr, seit es die Babys gibt!«

Sandy wirkt ganz schön betroffen. Jedenfalls verspricht sie, sich zu bessern, soweit ihr das irgendwie möglich ist.

»Ihr wisst doch, dass ich eigentlich schon mit Phil und Bill überfordert bin«, sagt sie leise.

Als wir mit dem Aufräumen fertig sind, ruft Mama auf meinem Handy an. Ich fahre die Lautstärke hoch, damit wir alle mithören können.

»Stellt euch vor, die Ärzte im Krankenhaus haben mich freigelassen. Übermorgen fliegen Papa und ich zurück!«, hallt es aus dem kleinen Lautsprecher. »Dreimal dürft ihr raten, wo wir vom Flughafen aus direkt hinfahren!«

Sandy, die sich vor unserer Abreise schon ein bisschen fürchtet, lächelt schief. Darum nehmen Rokko und ich Mama mit in den Hühnerstall, wo wir gemütlich auf der Wiese über alles reden können. Wladi und Viti kommen auch gleich mit.

Unsere Mutter sagt, dass sie es gar nicht erwarten kann, uns endlich wieder in ihre Arme zu schließen. »Ihr wart so tapfer!«, erklärt sie. »Und darum hat natürlich jeder von euch einen dicken, dicken Wunsch frei.«

Rokko, der grade Wladis Bauch krault, macht ein angestrengtes Gesicht. Sicher geht er in Gedanken alle möglichen Wünsche durch, die er im Leben jemals hatte und fragt sich, welcher wohl der dickste ist. Nur auf das Naheliegendste scheint er nicht zu kommen.

»Ich weiß, was wir uns wünschen«, sage ich und fange mir einen empörten Blick von Rokko ein. Dabei bin ich grade dabei, meinen eigenen Wunsch für ihn zu opfern.

Für meinen sagenhaften kleinen Bruder, der in diesem Urlaub mehr Abenteuer bestanden hat als alle Supermanfiguren, die er je besessen hat – inklusive dem einarmigen aus der Spieletasche im Auto.

»Unsere dicken, dicken Wünsche heißen Wladi und Viti.«

Mama schluckt, aber Rokko wirft mir den glücklichsten Blick zu, den ich je in seinem Gesicht gesehen habe.

»Glaubt ihr denn, Sandy würde sie hergeben?«, fragt unsere Mutter und klingt nicht grade begeistert. Eigentlich ist sie total gegen Haustiere.

»Klar gibt sie die her!«, sagt Rokko begeistert. Und dann erklärt er ihr die ganze Entführungsgeschichte, die er allein auf der Eifersucht der Katzen aufbaut. Er bekennt sich sogar wieder zu seiner Katzen-Gedankenleser-Fähigkeit. Mama ist beeindruckt.

»Dann sind die Babys also wieder da!«, jubelt sie. »Und das alles haben wir Rokko zu verdanken.«

Als Löwenforscherin scheint unsere Mutter keine Sekunde daran zu zweifeln, dass ihr Sohn Tiere versteht und dass Katzen intelligenter sind, als man denkt.

»Es wäre viel zu gefährlich, die Katzen bei Sandy zu lassen«, erklärt Rokko. »Wer weiß, was passiert, wenn sie sich wieder vernachlässigt fühlen.«

Gegen dieses Argument fällt Mama auch nichts mehr ein.

21

Rokko und ich verbringen den Nachmittag mit Wladi ind Viti und einer Packung Schokokeksen vor dem Fernseher. Wir nehmen uns vor, für den Rest des Jahres keine einzige Herausforderung mehr anzunehmen.

»Kein Fitzelchen Abenteuer, nix da, nullinger!«, erklärt mein Bruder und räkelt sich wohlig auf dem Sofa.

»Nee, no Abenteuer«, stimme ich ihm zu. »Also allerhöchstens nur noch eine ganz winzige Mission, sonst aber wirklich gar nichts – mindestens bis Weihnachten.«

Rokko setzt sich auf und schaut mir forschend ins Gesicht. »Winzige Mission? Das ist nicht dein Ernst?!«

»Nein, war nur Spaß«, winke ich ab. Doch da hat mein kleiner Bruder schon wieder Feuer gefangen. »Du hast doch was vorgehabt? Was denn? Jetzt sag schon.«

»Ich dachte nur …«

»Waaas dachtest du?«

Okay, Rokkos Abenteuergeist ist tatsächlich wieder geweckt!

»Ich dachte nur, unser Happy-End ist noch nicht ganz perfekt. Weil dieser blöde Simon uns nicht glaubt. Und weil Sandy jetzt den totalen Stress mit ihm hat.«

Rokko gibt mir recht. »Das hab ich mir auch schon gedacht«, gesteht er. »Aber wir sollen ja nicht Gott spielen und uns in das Schicksal der andern einmischen«, hat der blöde Berger gesagt.

Ich nicke, während im Fernsehen eine gewisse *Little Miss Sunshine* von ihrer Familie an einer Tankstelle vergessen worden ist.

»Können wir uns nicht trotzdem irgendetwas ausdenken, damit er und Sandy sich wieder vertragen? Eigentlich ist er doch extra wegen ihr und der Kinder hier hingezogen.«

Rokko grinst und macht den Fernseher aus. Dann arbeiten wir an unserem allerletzten Plan für diese Sommerferien.

Eine halbe Stunde später stehen wir in Beppos *Pizzeria Pinocchio* und fragen, wie viele Pizzen wir austragen müssen, damit ein drei-Gänge-Abendessen mit Kerzenschein dabei herausspringt.

Beppo lacht. Aber er findet unseren Plan von vorne bis hinten bescheuert. Erstens, weil wir Kinder sind und gar nicht arbeiten dürfen. Und zweitens, weil wir Geschwister sind und gar kein romantisches Dinner brauchen.

»Das machen doch nur Verliebte«, erklärt er mit schwungvollen Gesten, diesmal ganz ohne Pizzateig in der Hand.

»Das soll ja auch gar nicht für uns sein«, erklärt Rokko. »Sondern für Sandy und den Vater von den Zwillingen.«

»Ache sooo!« Beppo nickt, schmunzelt und überlegt. Dann führt er uns in seine Küche, in der sich Berge von dreckigen Töpfen stapeln. »Für die Spülmaschine sind die Topfe leider zu groß«, erklärt er. Ein Blick genügt und wir machen uns an die Arbeit. Eine Stunde später ist der erste Teil unseres Plans bereits erledigt.

Auf dem Rückweg nach Hause besorgen wir noch eine romantische Postkarte. Die Entscheidung zwischen einem herzförmigen Fingerabdruck und zwei Schwanenhälsen, die ebenfalls ein Herz bilden, ist nicht ganz einfach. Zumal Rokko Herzen nicht leiden kann und einfach nur »eklig« und »Mädchen« findet, was in seiner Welt scheinbar dasselbe bedeutet.

»Aber du hast doch selber das herzförmige Muttermal unter Simons Auge entdeckt«, erinnere ich meinen Bruder. Zähneknirschend hält er schließlich den Fingerabdruck für das kleinere Übel. Erst dann fällt uns ein, dass wir ja zwei Einladungen brauchen, und wir kaufen die »ekligen« Schwanenhälse noch dazu.

In unserem Zeltlager angekommen, schreibe ich in meiner allerordentlichsten Druckschrift auf die erste Postkarte:

Einladung zum Essen beim Pinocchio, heute um acht. Mit versöhnlichen Grüßen, Sandy

Und auf die andere genau dasselbe. Nur statt mit »Sandy« unterschreibe ich mit »Simon«. Die Unterschriften versuche ich so echt wie möglich zu machen. Ein Glück hat Sandy in ihre Fotoalben nicht nur Fotos geklebt, sondern auch Postkarten. Eine stammt von Simon aus Kapstadt, wo er wohl mal einen Auftritt mit seiner Band hatte. Die Karte ist voller kleiner Liebesbekundungen und endet mit: *Weißt du, wen ich jeden Tag, jede Stunde, jede Sekunde vermisse? Meine kleine Zuckerschnecke! Si, mon Cherie, Simon.*

Beim Vorlesen wälzt Rokko sich vor Ekel auf seiner Luftmatratze. »Ich kriege Ohrenkrebs von so was«, schreit er.

»›Si-mon-Cherie‹, das ist doch lustig. Das ist doch wie Locko-Mo-tive.«

Rokko hält sich inzwischen die Ohren zu und ich kopiere Simons Unterschrift. Sandys Schreibstil kenne ich von den vielen gelben Zetteln, die sie überall hinterlässt. Und so ist auch der zweite Teil unseres Plans ruck-zuck vollendet.

Bei Teil drei ist dann wieder Rokkos Einsatz gefragt. Gott sei Dank ist Sandy mit den Babys zum Kinderarzt gefahren. Sie will die beiden durchchecken lassen, ob sie einen

Schaden von dem Besuch bei ihrem Vater zurückbehalten haben. Ein bisschen verrückt ist sie wohl immer noch. Aber uns gibt es die Gelegenheit, ganz ungestört mit Wladi und Viti im Schlepptau den Kinderwagen in die Klarastraße zu schieben. Kurz vor der Nummer sechsundzwanzig nimmt mein Bruder die beiden Stubentiger ins Gebet.

»Wenn ich klingele, dann schiebt ihr beiden den Kinderwagen ganz langsam bis vor Simons Haus, oki-doki?«

Die Katzen regen sich nicht.

»Ob ihr das verstanden habt?«

Rokko sieht ein bisschen genervt aus. Aber seine beiden Mitarbeiter mit den Perlenhalsbändern gucken nur blöde in der Gegend rum.

»Okay, wenn ihr das schafft, dann nehme ich euch mit zu mir nach Hause. Übermorgen schon. Dann können wir immer zusammenbleiben und es gibt keine schreienden Babys mehr.«

Es ist bis zum letzten Moment völlig unklar, ob Wladi und Viti auch nur ein einziges Wort verstanden haben. Irgendwann steht Rokko einfach auf und drückt mit zittrigem und immer noch ein bisschen wundem Zeigefinger auf Simons Klingel. Dann huschen mein Bruder und ich wieder in die Garage gegenüber, die glücklicherweise auch heute offen steht. Doch weder die Tür noch die Katzen bewegen sich auch nur einen Millimeter. Wir trauen uns kaum zu atmen, und es fühlt so an, als wäre grade für immer die Zeit stehen geblieben. Als hätte jemand die Pausentaste gedrückt – und zwar im allerspannendsten Moment.

Nach einer Ewigkeit steckt Simon doch noch den Kopf aus der Tür und schaut nach links und rechts, bis er Wladi und Viti entdeckt. Jetzt sind alle Augen auf die Katzen gerichtet, die sich ganz lässig in Bewegung setzen – inklusive Kinderwagen. Sie schieben das Ding tatsächlich ohne die geringste Anstrengung bis vor Simons Nase, indem sie es dann und wann, immer schön abwechselnd, mit der Pfote anstoßen.

Si-mon-Cherie staunt nicht schlecht. Dann entdeckt er unsere Postkarte auf dem Verdeck und nimmt sie in die Hand. Während er liest, tapsen die Katzen einmal um den Kinderwagen herum und treten dann den Rückzug an.

Der Mützenmann, der heute tatsächlich wieder eine Mütze trägt – und das bei über zwanzig Grad – starrt den beiden nach, bis sie um die nächste Ecke gebogen sind. Er sieht vor lauter Beeindruckt-Sein richtig blass aus. Kopfschüttelnd verschwindet er wieder ins Haus. Rokko und ich schleichen uns aus unserem Versteck und rennen den dicken kleinen Helden hinterher.

Teil vier des Plans ist eigentlich der schwerste Teil. Nun heißt es nämlich abwarten. Und Geduld ist nicht grade unsere Stärke. Sandy hatten wir die Schwanenhals-Einladung in den Briefkasten geworfen und sie war ganz aus dem Häuschen. Klar haben wir ihr angeboten, abends auf Phil und Bill aufzupassen und sofort bei ihr anzurufen, falls einer von ihnen wach wird. Dann hatte unsere Tante sich zwei Stunden ins Bad verzogen, während wir den Babys Rückwärtskrabbeln und Bananenschälen beigebracht haben. Und jetzt sitzt sie mit Si-mon-Cherie bei Beppo, und wir haben keine Ahnung, wie die Sache läuft.

»Sollen wir den Funtast anrufen, damit er mal nachgucken geht und uns Bescheid sagt?«, schlägt Rokko vor.

»Lieber nicht. Sonst sind wir ihm auch wieder einen Gefallen schuldig. Aber wir haben doch jetzt Abenteuerfrei!«

Rokko gibt mir recht. Wir haben unser Luftmatratzen-Lager bei den Babys im Zimmer aufgeschlagen, weil Sandy Angst hatte, wir könnten die beiden oben in unserem Zelt nicht richtig hören. Wladi und Viti haben sich verbotenerweise neben die Zwillis in die Gitterbettchen gequetscht. Vielleicht, weil sie ahnen, dass sie bald Abschied nehmen müssen. Am Ende sind ihnen die Babys mehr ans Herz gewachsen, als wir dachten! Jedenfalls schnarchen alle vier leise um die Wette, sodass Rokko und ich auch ganz müde werden und Sandys Rückkehr glatt verschlafen.

Am nächsten Morgen weckt mich Bill, der seine Hände durch die Gitterstäbe geschoben hat und an meinen Haaren zieht. Weil die anderen noch schlafen, hole ich ihn leise aus seinem Bett und tapse mit ihm in die Küche. Auf dem Tisch stehen neben einem Strauß Rosen zwei halb leer getrunkene Weingläser. Nicht zu fassen, das ist viel mehr, als wir geplant hatten und in Rokkos Augen bestimmt auch total eklig.

Ich setze Bill in seinen Hochstuhl und mache ihm eine Milch warm. Dann höre ich Gekicher aus Sandys Schlafzimmer und decke den Frühstückstisch für vier Personen. Während die Kaffeemaschine blubbert und vier frische Spiegeleier von Holly, Molly, Dolly und Rolly in der Pfanne brutzeln, bin ich plötzlich der glücklichste Mensch der Welt. Ich kann gar nicht fassen, dass man in ein und den selben Sommerferien erst so todtraurig und dann so überglücklich sein kann.

Als später alle am Tisch sitzen, könnte die Stimmung nicht besser sein. Auch Rokko ist stolz auf das Ergebnis unserer allerletzten Mission. Auch wenn so was »Ekliges« wie Verliebtsein dabei rausgekommen ist.

»Ihr glaubt gar nicht, wer uns gestern Abend bedient hat! Der Funtast«, erzählt uns Simon. »Nachdem dieser Mirko jetzt berühmt ist, wollte der gute Beppo ihn unbedingt wiederhaben. Aber natürlich nicht als Boten, sondern als Oberkellner!«

Sandy strahlt übers ganze Gesicht. »Und Simon hat ihm sogar für die Wochenenden seinen Proberaum im Keller angeboten. Als Pseudo-Rapper-Zentrale! Ha ha! Er war so großzügig gestern«, schwärmt Sandy. »Ich glaube, ich habe mich noch gar nicht richtig für das leckere Essen bei dir bedankt!«

Simon schaut Sandy fragend an. »Wieso denn für das Essen bedankt? Das hast du doch bezahlt!«

Unsere Tante schüttelt den Kopf.

»Aber, aber, du hattest mich doch eingeladen?!«

Wieder Kopfschütteln. »Ich dich eingeladen? Du hast mir doch diese unglaublich kitschige Schwanenkarte geschickt!«

Simon runzelt die Stirn. »Quatsch, du hast mir diesen Fingerabdruck in Herzform von den Katzen vorbeibringen lassen!«

Es dauert nur wenige Sekunden, bis beiden ein Licht aufgeht.

»Ich hab dir doch gesagt, dass diese Herzkarten total daneben sind«, erklärt Rokko. Wir bekommen alle zusammen einen ellenlangen Lachanfall. Und diesmal lachen alle bis ganz zum Ende mit.

Am Dienstag ist es dann so weit. Es ist von Anfang an der perfekte Tag. Jedes Huhn hat ein Ei gelegt. Die Katzen müssen keine Halsbänder mehr tragen, weil die Babys ja wieder da sind, und die Babys tragen zum ersten Mal kleine, weiche Schuhe, auch wenn sie noch nie einen Meter gegangen sind. Aber das Perfekteste an dem Tag ist: Mama und Papa sind vor drei Minuten in Frankfurt am Flughafen angekommen. Rokko und ich haben die Landung online verfolgt. Auf der Flugzeug-Verfolgungs-Seite im Internet sind ganz viele kleine Maschinen wie Ameisen auf einer Landkarte rumgekrochen. Es hat eine halbe Ewigkeit gedauert, bis unsere Ameise sich endlich nicht mehr bewegte und »gelandet« aufblinkte, wenn man sie angeklickt hat!

»Gelandet« ist heute mein Lieblingswort. Denn ein bisschen hatte ich schon Angst, das Flugzeug könnte im letzten Moment noch abstürzen. Ganz kurz bevor alles wieder gut wird. Jetzt müssen wir nur noch warten, bis Mama und Papa ihr Gepäck und das Auto gefunden haben und bis nach Köln gefahren sind. Dafür gibt es natürlich keine Verfolgungsseite im Internet. Darum liegen wir noch ein bisschen in unserem Zirkuszelt herum, das Sandy angeblich nie mehr abbauen will, damit wir sie mit den Katzen immer besuchen kommen können.

»Ihr habt zwar kein eigenes Zimmer bei mir, aber ein eigenes Zelt«, hat sie gesagt. Und ehrlich gesagt, finde ich ein Zirkuszelt bei der verrücktesten Tante der Welt, mitten im Ghetto des Funtasten, viel aufregender als ein ganz normales Kinderzimmer, bei einer ganz normalen Tante.

Wir liegen neben unseren gepackten Koffern und hören, wie Simon und Sandy in der Küche den Tisch decken und zwischendurch die aufgekratzten Babys besänftigen, als es endlich klingelt. Wie auf Knopfdruck stürzen Rokko und ich die Treppe hinunter und liefern uns ein kleines Wettrennen. Dabei ist doch für jeden von uns jemand zum Umarmen da!

Ich komme zuerst unten an und reiße die Tür auf. Vor mir stehen unsere Eltern mit weit ausgebreiteten Armen. Als Erstes umschlinge ich Mama, während Rokko Papa übernimmt. Mama fühlt sich dünn und leicht an. Ein bisschen, als wäre sie nur Einbildung oder als wäre ein Teil von ihr in Afrika geblieben. Genau genommen ist es ja auch so, weil sie ganz schön abgenommen hat. Aber auch in der dünneren Mama steckt die echte Mama drin. Das merke ich spätestens, als sie mir meine Lieblings-Kosenamen ins Ohr flüstert und ich das leckere Mama-Parfüm an ihrem Hals rieche. Dann machen wir fliegenden Wechsel und Papa hält mich im Arm. Im Gegensatz zu Mama steht er fest und unerschütterlich da wie ein Baum – obwohl er immer noch ein bisschen schnieft und hustet.

»Kinder, Kinder, dass wir das alle gemeinsam überstanden haben«, sagt er. Und zur Feier des perfekten Tages macht er keinen komischen Witz in diesem gar nicht komischen, sondern einfach nur schönen Moment.

Erst, als wir uns richtig durchgeknuddelt haben, kommen Sandy und Simon die Treppe herunter. Unsere Tante und unsere Mutter liegen sich auch ganz schön lange in den Armen. Die Katzen hocken derweil neben der Tür zum

Friseurladen und warten wahrscheinlich auf den perfekten Moment, um ein letztes Mal die Hühner rauszulassen.

Wir frühstücken alle zusammen die frisch gelegten Eier und einen großen Berg Pfannkuchen mit all meinen Lieblingsbeeren aus Sandys Garten. Und weil ich endlich wieder richtig Hunger habe, schmecken sie auch wieder wie richtige Lieblingsbeeren. Während des Essens erzählen wir uns unsere Abenteuergeschichten.

»Selbst gelegte Eier, selbst gepflückte Beeren und selbst erlebte Geschichten – wir werden noch echte Selbstversorger!«, macht Papa seinen ersten Witz an diesem Tag.

Zwei Stunden später sitzen Rokko und ich mit Wladi und Viti auf dem Rücksitz unseres fahrenden Autos und ich bin fast ein bisschen traurig. Beim Abschied haben wir Sandy und Simon versprochen, ganz bald wiederzukommen. Die Hühner gackerten hinter der Schaufensterscheibe, während Sandy und Simon auf der Körnerstraße vor dem Wandschrankhaus standen und uns mit je einer Hand hinterhergewunken haben. Mit der anderen hielten sie jeder einen Zwilling auf dem Arm.

Von der Venloer Straße aus werfen Rokko und ich einen letzten Blick auf den Neptunplatz. Da steht tatsächlich der Funtast, zusammen mit Locko-Mo und Dreirad, auf der Treppe vor dem Nacktschwimmbad und fuchtelt auf Rapperart mit den Händen in der Luft herum.

»Glaubst du immer noch, sie sind Ungetüme?«, flüstere ich Rokko ins Ohr. Er schüttelt den Kopf. »Nein, keine Ungetüme. Das sind einfach nur Getüme, ganz harmlos«, antwortet mein kleiner Bruder. Dann steckt er sich einen der angelutschten Lollies aus seinem Spielebeutel in den Mund, zieht Wladi auf den Schoß und vergräbt sein Gesicht samt Lollistiel in dessen Fell. Ich schaue in den Rückspiegel, in dem ich Mamas braun gebranntes Gesicht lächeln sehe. Als ich mich sattgesehen habe, sind wir schon lange auf der Autobahn. Überglücklich mache ich die Augen zu und summe »Wurst-egal« vor mich hin, bis ich eingeschlafen bin.

Anja Fröhlich, geboren 1964, schreibt ihre Geschichten auf der ganzen Welt seit ihr Freund Hotel-Tester ist. Trotzdem ist sie immer noch am liebsten in Köln, wo die meisten ihrer Bücher spielen. Die Ideen dazu findet sie oft im eigenen Leben. Noch lieber allerdings stöbert sie im Leben ihrer Freunde herum oder lässt sich von ihren beiden pummligen Katzen Mr Pops und Madame Chauchat inspirieren.

Nina Hammerle, 1973 in Amsterdam geboren und aufgewachsen in Tirol, beschloss mit etwa fünf Jahren, ihr Leben lang zu zeichnen. So ging sie an die HTL für Malerei in Innsbruck und machte anschließend eine Grafik-Design-Ausbildung in Linz. Heute arbeitet sie am liebsten mit Farben, Papier und Buchstaben, mag schräge Knülche und hat eine Vorliebe für alles, was Flügel, Fühler, Flossen oder Pfoten hat. Und nicht nur darum ist sie froh, freischaffende Illustratorin zu sein.